别了多伦多

Farewell Toronto

TORONTO

—［加］常琳 著

中国华侨出版社
·北京·

图书在版编目（CIP）数据

别了多伦多 /（加）常琳著. — 北京：中国华侨出版社，2023. 3
ISBN 978-7-5113-8775-2

Ⅰ. ①别… Ⅱ. ①常… Ⅲ. ①中篇小说—加拿大—现代 Ⅳ. ①I711. 45

中国版本图书馆 CIP 数据核字（2022）第 057659 号

●别了多伦多

著　　者 /［加］常　琳
出 版 人 / 杨伯勋
责任编辑 / 高文喆　桑梦娟
封面设计 / 范海华
经　　销 / 新华书店
开　　本 / 710毫米 × 1000 毫米　1/16　印张：13. 75　字数：165 千字
印　　刷 / 北京天正元印务有限公司
版　　次 / 2023 年 3 月第 1 版
印　　次 / 2023 年 3 月第 1 次印刷
书　　号 / ISBN 978-7-5113-8775-2
定　　价 / 48. 00 元

中国华侨出版社　北京市朝阳区西坝河东里77号楼底商5号　邮编：100028
发 行 部：（010）64443051　传　真：（010）64439708
网　址：www.oveaschin.com　E-mail：oveaschin@sina.com

序

Preface

姜　昆

说句老实话，我已经很久不看书了，一是年纪大，眼睛容易疲劳；二是流媒体占了不少时间，以前的阅读习惯就没保持下去。王蒙先生曾说，读书是不能用上网、看 DVD 和手机来替代的。

接到出版社寄来常琳的样书，我一口气把它读完，不但恢复了我的阅读习惯，也印证了王蒙先生的灼见，读书是好。

这是常琳的第五本书，其中两部小说，被赵宝刚导演拍成大家熟知的电视剧《别了温哥华》和《北京青年》。

这本《别了多伦多》，讲的是一个叫安安的大学二年级的学生，被车撞了。在医院抢救的过程中，妈妈肖璐意外发现，儿子安安跟他们夫妇没有血缘关系。那她在多伦多医院生的儿子呢？安安又是怎么到他们家的？好不容易找到亲生儿子，这亲生的还让肖璐给违法买他的养父母养老，逼肖璐卖掉房子给他养母治病。这儿子认还是不认？

常琳用一个个电影镜头，用一场场人物对话，呈现出母亲和亲儿子之间情感大碰撞的一幅幅画面。既有悬念，又非常真实。一真实就特别可信，一可信，就身不由已地融入到故事当中，融入到母亲和亲儿子爱恨交织的情感中。

写到这儿，心里还惦记着这亲儿子最后到底认没认他亲爸亲妈？

目 录

–

Contents

第一章
熊猫血之谜

01 -

chapter

如果安安没骑同学的摩托车……

那天在加拿大贝伦大学材料力学系大楼门口，安安跨上停在路边的那辆红色闪亮的摩托车，两脚踩在地上，对着后视镜戴上布莱登递过来的头盔，兴奋劲儿都冒烟了。

他刚刚拿到摩托车驾照，还没有自己的摩托车。发现布莱登今天是骑摩托车上的学，立刻百爪挠心，不试骑一下决不足以平心。

戴好头盔，安安跟布莱登扬了扬手：“待会儿见！”

安安不是很莽撞的人。不然，布莱登也不

会把崭新的摩托车借给他骑。他小心翼翼地从学校开出来，稳稳地沿着太阳路往左开去。到了托马斯又往右，然后上了他们这个城市的主路——格拉德斯通大道。

开顺了，胆大了，他越开越快，乘风飞翔的感觉真好。

他熟练地拐上普雷斯顿，再往右一拐就回学校了。这时一辆小型货车从他左边开过，车上堆满家具。一张被绑在上面的双人沙发，可能是绳子松了，正慢慢地向右边滑去。它后边一辆马自达看见危险在即，立马从左边追上去拼命按喇叭。可惜货车司机的注意力正在手机上，没注意到贴着他开的马自达，更没听见喇叭声。

安安飙着摩托车，不时从后视镜里飞速地瞭一眼酷毙的自己，心像花儿一样绽放。左边货车上的沙发正一点一点往下滑落，他就要飙过去了。这时，货车颠了一下，“咣当！”沙发突然从右边掉落下来，安安的摩托车“砰”地撞到沙发上，打个滚儿，又被抛了起来……

那是个很普通的星期三，我，肖璐，正坐在办公室的单人沙发上琢磨着怎么让坐我对面的迈克开口。他十六岁，高高大大的，曾经是个快乐的喜欢运动的大男孩。自父母离婚后，发现父亲的女友是他好朋友的妈妈，他便开始萎靡不振并经常逃学。我每周三做青少年的免费心理咨询，今天他妈妈一定让他来找我聊聊。快一个小时了，他面无表情，一声不吭，只是呆呆地看着我身后那面白色的、连一张图片都没有的墙。

我试着改变一下谈话的方式。

“我理解你的感觉。”我说。

他瞟了我一眼，又开始盯着我身后的那面墙。

“你爸爸……”

手机响，是老公。

“什么？”

“我马上过去！”

我拿起包就走，到了门口才想起迈克，回头看他，他正不知所措地看着我。

“我儿子出车祸了！”我说。

我控制不住地浑身颤抖，都不知道怎么把车开到医院的。

看我冲进急诊室，已经在那儿的老公许存伟和女儿宁宁马上迎上来。

“安安……”我快站不住了。

伟伸手扶住我：“在动手术……”

“严重吗？”

他们都没说话。

我们坐在手术室外面的椅子上。伟神色凝重地看着前方，不知在想什么；正上高三的女儿宁宁低头在手机上查看什么；我抻着脖子一动不动地盯着手术室的门，儿子你千万得平平安安的。

一万年过去了。

手术室的门开了，医生走出来，我们赶紧围了上去。

“需要血。”他说。

“血？”我问。

他点点头：“你们能给他输血吗？”

安安还活着!

医生解释说我们儿子的血型是Rh阴性血型，属于比较罕见，非常稀有的血液种类，俗称“熊猫血”。医院储备不够。

当然能。

我们都没验过血型，护士马上抽血先确定我们的血型。谁知化验结果出来，护士告诉我们不匹配，不能输血。我和伟不明白是怎么回事儿。反复询问之后，医生才无奈地解释说我是O型，伟是B型，宁宁也是B型,而安安是A型。从理论上讲，我们的孩子只能是O型或B型血。尽管医生没有直说，他的意思是伟不是安安的亲生父亲。

伟的表情立刻就变了。

第二章

儿子呢

02 -

chapter

我们要求再抽血化验一次，结果相同。

医院紧急调来熊猫血，安安做完手术，但还没过危险期。

我趴在ICU的大玻璃窗上，看着插满管子一动不动的儿子，强迫自己什么都不想。可是熊猫血一直在我脑子里转，安安怎么就成熊猫血了？儿子好像有感知，不知道他能不能看见我，反正他朝着玻璃窗笑了笑，还眨了一下眼睛。我笑了，很宽慰地笑了，眼泪却一下涌了出来，我赶紧擦掉。伟看我这样，搂住我的肩说："医生不是说了嘛，没有生命危险。"

"我知道。"

为了转移我的注意力，伟说："你还记得他小时候，有次睡午觉没戴尿布把床给尿湿了，他一睁眼指着我就说，'你犯错误了！'我当时就糊涂了，他尿床我还没说他呢，怎么倒我错了？还没等我说话，他就说，'你说的，我不用戴尿布……'哈哈。"

"哈哈，"我也乐了，"他们血型肯定没验对，安安就是咱俩的孩子。"

伟的身体突然一紧，搂着我的手也放了下来。

儿子情况稳定后，我拉着伟去看家庭医生，要求再给我们测试一下。

测试结果一样。

是不是出生时抱错了？

我们又跑到儿子出生时的医院去查，结果一九九五年一月十八日，儿子出生那天只有他一个亚裔男孩，那时候加拿大的中国人不多，不可能错。

伟又把脸拉长不说话。

安安已从ICU转入普通病房。

那天下班刚进门女儿宁宁就问："你和爸爸怎么啦？"

"没怎么啊。"

"他在我门上留了张条儿，说他搬出去住了。"

"搬哪儿去了？"

"一家酒店，你们俩怎么了？"宁宁说，"不会还是那血型的事儿吧，去查DNA不就什么都清楚了。"

我觉得伟会相信我，不一定非查DNA。我给他打电话，他不接，我就去酒店找他。

他开门一看是我，立马就要关门，我用手抵住门说："你就是安安的爸爸，跟你说多少遍了！"他一脸冰冷，眼睛都不抬，"砰"的一声就把门关上了。

居然怀疑我！我也生气了，冲着门大喊一声："明天就离婚！"说完就走了。

伟又把门打开说："其实错就错了，你也知道我不是那种小心眼儿的人。我就是受不了，事情都这样了，你还坚持……"

我也很委屈："那我什么都没做，不坚持还能怎么着？"

我们去做了 DNA 检测。结果出来，不但伟不是安安的生物学父亲，我也不是安安的生物学母亲，他就不是我和伟的孩子。

我去看安安，坐在他床边，看着他熟睡的脸，轻轻地把垂在他前额的头发往上撩了撩，又在他额上亲了一下。他怎么就不是我们的儿子呢？那他是谁的孩子，怎么就到我们家了？

那我们的儿子呢，我在多伦多医院生的儿子呢？

第三章

迷惑

03 -

chapter

其实我和伟都知道，出事儿肯定就是儿子在北京那俩月。

从头儿说吧，一九九四年，我和伟已经到多伦多三年多了。伟博士在读，我硕士读完正在到处找工作。我们本来准备他答辩完就要孩子。没想到，还没找到工作呢，我就怀孕了。开始还犹豫要不要，可我们都三十多岁了，而且伟明年就答辩，就决定既来之则要之。

孩子提前一周顺利出生，是个健康漂亮、有着一头浓浓黑发的儿子。我们给他取名安安，希望他平平安安。

本以为，我没找到工作，正好可以踏踏实实在家带孩子。谁知安安出生两周后，我几个月前申请的一家诊所打电话要面试我。我没太当回事儿，以前面试那么多，没一次成的。这次可能是我比较放松，加上我的工作经历和教育正好符合这个雇主的要求，他们录用了我，给心理医生当助理，而且是我喜欢的青少年心理学。他们希望我两周后能去上班，我说四周，他们同意了。

立时，给安安找托儿所就成了当务之急。虽然一再强调我们的特殊困难，但托儿所没位置，即便有人家也不收三个月以下的孩子。

怎么办？

我和伟只好到处打电话找保姆。

我父母知道后，让我们把安安送回去。他们六十多岁，已经退休，还有个阿姨照顾他们的起居，再请个保姆专门带安安，不会给他们添太多麻烦。

我们其实不愿意和儿子分开，也不愿意给父母增加负担。但伟正在准备他的论文答辩，帮不上太多忙。要是安安找不到合适的保姆，那就只能先送他回去。等我把工作捋顺了，争取五月底就把他接回来。

安安满月时，我们还没找到保姆。趁我还有两周才上班，一九九五年二月底我就带他回北京了。

父母已经请好带安安的小阿姨。小阿姨叫周玉梅，是我们家周阿姨的侄女，十六岁，初中刚毕业，从农村来北京打工。看她一脸孩子气，我心里就打鼓，不知她会不会带孩子。她说会，弟弟妹妹小时候都是她带的。可农村和城市，国内和国外带孩子的习惯不一样，我还是不放心，所以问她：“安安才一个多月，你行吗？”

“行。你把怎么喂安安写到纸上，我照着做不就行了。”

周阿姨也劝我：“你就放心吧，有我呢。”

周阿姨是我父母家的保姆，五十多岁，个子不高，有点微胖，圆圆的脸上有许多雀斑，留着短发，乍一看，像变老的雀斑娃娃，有喜感。她家在农村，老伴儿去世后，她就到北京帮佣，挣钱帮儿子娶媳妇。

儿子娶了媳妇，她还想帮衬他们，就一直在我们家，干了快十年了。她对我一直特别好。农村人实在，对人好就是让你吃东西。看我太瘦，读书的时候每次周末回家她就做好多好吃的塞饱我，走的时候还大包小包地让我带上。结婚的时候她帮我准备厨房里的锅碗瓢盆，还教我做饭，生怕我吃不好。出国的时候她帮我整理行李，把做饺子的擀面杖、炒菜的小锅都用报纸包好塞到箱子里，怕我到加拿大吃不上中国饭。

她照顾我父母也很尽心，饭菜做得尽量合他们的口味，家里也收拾得干干净净，总之责任心很强。所以让她监管小阿姨周玉梅帮我带安安应该可以放心。

可这小阿姨周玉梅根本不会带孩子，也不用心学。安安跟她睡在一起，半夜哭得把我们都吵起来了，她都不醒。我还没说话呢，周阿姨就做主把她辞了，说小孩子带不了小孩，让她到餐馆洗碗去吧。

我到家政服务中心去找能带安安的保姆，有个保姆我觉得各方面条件都不错，可安安一见她就哭。还有一个特别不讲卫生，也没法儿要。找了几个到家里试了试都不行。我急着要回去上班，不知怎么办才好。

周阿姨看我犯愁，说要不她先帮我带安安，再慢慢找合适的保姆。要忙不过来可以先请个小时工每天来帮帮她。我父母觉得这主意不错，他俩身体挺好，退休在家除了读书看报，平时也能给周阿姨搭把手抱抱安安什么的。在我父母的三观里，年轻人还是应该以事业为重，他们希望我能尽快回去上班。

父母和周阿姨照顾安安挺上心，晚上安安跟周阿姨睡也不闹，我就放心地飞回加拿大了。

开始都挺好的。虽然一直没找到带安安的保姆，但找了个小时工，每天来帮周阿姨做做家务，周阿姨主要就是带安安。转眼安安就快三个月了，带得挺好，比同龄的孩子长得壮。我还跟伟商量，是不是让安安再多待几个月。就在我们俩商量五月底接不接安安回来的时候，出事儿了。

那天我打电话，妈妈一听是我马上就说："周阿姨带安安回她老家了。"声音里满是焦虑。

"为什么？"我不明白。

"说家里有急事儿。"爸爸插话。

"那为什么要带安安？"我还是不明白。

"可能临时找不到人替她照顾安安……"爸爸说。

"可能？"我问。

我妈就说："我和你爸出去遛弯儿，回来看见她给我们留的条儿，说家里临时有急事儿，她带安安回去一趟，会尽快回来。”

“周阿姨什么时候走的？”我问，直觉这事儿好像哪儿不对。

“昨天。”妈妈说。

“应该到了吧？”

“应该吧。”

“来电话了吗？”

我爸赶紧说：“她家哪儿有电话啊。”

对了，一九九五年，甭说农村了，大北京城里也没几户人家有电话，更没人用手机。

“说几天就回来，没事儿。”妈妈安慰我。

“几天啊？”

“她没说，就说尽快回来。”

爸爸说：“安安跟着周阿姨你就放心吧。”

“你们昨天去哪儿遛弯儿了？”我问。

“就在家附近。”爸爸说。

“那周阿姨为什么不能等你们回来再走呢？”

爸爸解释：“可能是急着赶火车。”

“其实我们就在小花园里，她知道我们总在那儿，也没去找我们。”妈妈说。

这事儿不对。

我放下电话把自己的担心跟伟说了。

伟说：“也许她家真有什么急事儿……”

“再急也不差那么一小会儿，我爸妈遛弯儿顶多一两个小时就回家。”

“人一慌，就容易乱，就想着怎么往家赶，别的都顾不上了。”

也许伟说得对。“可是，”我说，“要是家里真有事儿，她带着安安也不方便啊。”

“她应该觉得可以才带上的。”

“那这几天怎么办，联系不上她我担心。”

“有什么可担心的？安安一直是她带，她过几天就回北京了。”

我坚持：“不管怎样，她都不应该没经过我父母同意私自把安安带走。”

“你有她地址吗？”

“我妈应该有。”

“给她发个电报问问不就都清楚了。”

我赶紧给家里打电话。我爸马上就去邮局给周阿姨发了电报，问安安怎么样，并要求她尽快回复。可一个小时过去了，两个小时也过去了，没回复。

我妈沉不住气了跟我爸说：“这事儿我就觉得不对，周阿姨在咱们家干了这么长时间，从来就没出过这种事儿。晚上出去跟老乡聊个天都跟咱们打声招呼……”

“唉，”爸爸叹了口气说：“还把安安给带走了，电报也不回。”

我妈忽然想起什么，“我去问问她老乡，他们生产队有没有电话。要能跟她说上话，咱们就去把安安接回来。”我妈说着就要走。

我爸还嘱咐她：“先问问她家出什么事儿了，咱们能帮什么忙，别埋怨她。”

“知道。”妈妈说着就走了。

周阿姨有老乡在我们家附近帮佣，还到我们家玩过，我妈都认识。

从周阿姨老乡那儿，我妈还真要来了他们大队部的电话。

大队部的人一听是从北京来的电话还挺重视，告诉我妈一个小时后再打过来，他们马上派人骑车去找周阿姨。

周阿姨不在，她儿子周荣军来接的电话。周荣军心里紧张，不知他妈妈在北京出什么事儿了，忘了我妈其实是找周阿姨接电话的。他对着话筒就磕巴上了：

“我，我，我妈出什么事儿了？”

我妈没注意到这些细节，只是说：“我是肖家啊，给你们发的电报收到了吗？”

“什么电报？我妈怎么了？”

“我们上午发的电报，还没收到？”

“电报只到镇里邮局，邮递员到我们这儿送信的时候才能把电报带来。我妈怎么了？”

“她到家了吧？”

“到家？”周荣军诧异。

“她昨天走的，说家里有急事儿，还没到家吗？”

“还没。”周荣军小心地说。知道他妈没事放心了，但他不确定他妈为什么这么着急往家赶，所以说话比较谨慎。

“你们家出什么事儿了，需不需要我们帮忙？”

周荣军迟疑着：“没，也没什么事儿。”

“没什么事儿周阿姨为什么急着往回赶，还带着我们安安？”我妈说，“我就想知道安安怎么样了。”

“带着安安？”周荣军说，“政府要在我们家门口修路，要她回来签字。”

“她什么时候能到家啊？”

周荣军镇定了一些说：“应该已经到县城了，可能没赶上汽车，明天怎么也能到家。”

放下电话，我妈更担心了，跟我爸说：“回家签个字也不是那么着急的事儿，怎么就不能当面跟咱们说呢？”

“怕你不准假呗。”我爸逗她。

“我什么时候没准过她假啊？”

“别想那么多。明天她到家，咱们打个电话问清楚，然后飞过去把安安接回来，也让她在家踏踏实实待几天。”

“行。不过，”我妈又说，“刚才我回来的路上看见咱院的老程，她说昨天看见周阿姨一个人提着包急匆匆地走，没抱着安安……”

我妈在电话里跟我说这事的时候还挺担心：“她怎么没抱着安安呢？”

“也许她老乡帮她抱着安安。”我开解她。

可放下电话，我直觉事儿越来越不对。周阿姨急匆匆地走，安安没跟她在一起，那安安在哪儿呢？就算别人帮她抱着安安，也应该跟周阿姨在一起吧？回家签字根本不是什么十万火急的事儿，为什么不能等我父母回家当面和他们请假？如果真着急，她知道我父母在小花园里，为什么不去找他们？她回家办事儿为什么要带着安安？她为什么那么着急走？到底出什么事儿了？安安不会有事儿吧？

我越想越紧张，就想马上回北京把安安紧紧地搂在怀里。

伟听完我杂乱无章的担心，耐心地劝了半天。看我坚持要回去，就帮我订了第二天飞北京的机票。

那时我已经快神经了，问伟：“咱们干过坏事儿吗？”

“我没干过，你干没干过我可不知道。”

“我当然也没干过，咱们安安不会有什么事儿吧？”

“什么事儿都不会有。”

“你真这么觉得还是安慰我？”

“儿子跟着周阿姨会有什么事儿？你就放心吧。”

虽然我想不出儿子跟着周阿姨会有什么事儿，但我就是觉得这事儿不对。

知道我明天要回国，爸爸妈妈在电话里劝我先别回，说都快转正了，现在辞职太可惜。他们把我担心的事儿又给我解释了一遍，周阿姨是农村妇女，没经过什么大事儿，觉得政府要在她家门口修路是件天大的事儿，怕字签晚了，政府改主意不在她家门口修了怎么办。她一着急，顾不上跟他们打招呼就走了。个别人没看见周阿姨抱着安安，只是一瞬间的事儿，并不能说明安安没跟着周阿姨。第二天跟周阿姨通上电话，确定她到家后，他们马上就去接安安，让周阿姨专心办她自己的事儿。他们觉得我还是按原计划五月底回来接安安比较合适。

周阿姨带安安回她老家，虽然有种种不合情理的地方，但我们能想到的最放心不下的就是安安在那儿不适应，生病了。我觉得等我妈第二天跟周阿姨通了电话，知道了安安的情况，再决定什么时候回更稳妥，于是我就把机票退了。

第四章

跟踪追击

04 –

chapter

其实那时候安安已经被人偷走了，周阿姨怕我父母着急，谎称家里有事儿就自己跑去找安安了。

我们的宝贝儿子怎么就被人偷了？

那是四月，北京已经暖和，我父母每天早饭后都要下楼出去遛弯儿，然后到附近的小花园坐坐，晒晒太阳。那天也不例外，早饭后他们就出去了。

我父母住的这片居民区都是楼房，离他们住处不远的地方有一棵挺大的柳树，周围的保姆们喜欢聚在那儿聊天。

天气暖和以后，周阿姨每天也推着安安出

来转转。那天我父母出门不久，她也带着安安出来了。大柳树那儿已经聚了几个带孩子的保姆，看周阿姨推着安安过来，有个保姆还说："还是人家美国奶粉养孩子，你说他半岁也有人信。"

"不是美国，是他妈妈从加拿大带来的奶粉。"周阿姨说。

"什么美国加拿大，反正都是外国。我家孩子的奶粉是从香港买的……"另一个保姆说。

几个保姆闲聊的时候，有一个三十多岁、中等个子、偏瘦的女人从这儿路过，看着也像是帮佣的保姆。她停下来看见乖乖躺在车里的安安，还拿起拨浪鼓逗他："笑一个！笑一个！"安安笑了，两只小手还向上抓着。

"来，让阿姨抱抱。"女人说着就弯腰要抱躺在车里的安安。

"别抱，他妈妈来电话老嘱咐别抱得太多，让他学着自己玩。"周阿姨拦着她。

"这么小哪会自己玩，老躺着不好。"那女的说着还是把安安给抱了起来。安安看着她，小嘴一撇一撇地要哭。

"给我吧。"周阿姨赶紧把安安抱过来哄了哄，又放回小车里。

这女的又去逗别的孩子，好像特别喜欢小孩的样子。保姆们继续聊着家长里短，谁也没注意那女的是什么时候离开的。等聊得差不多该回家了，周阿姨突然发现安安不在车里。

"安安呢，谁看见我们家安安了？"周阿姨着急地四处张望。几个保姆都不约而同地向安安的车看去，里面是空的。

"刚才不是还在这儿呢吗？"有个保姆说。

周阿姨急得到处找，逢人便问："看见我们家安安了吗？"有一姓曹的阿姨说她看见有一女的抱着安安，她还上前打招呼："这不是那栋楼的安安吗，加拿大来的。”

因为安安爱笑，附近好多人都认识他，喜欢逗他。

“我就喜欢小孩，抱去玩玩。”那女的还跟她说。

“是挺瘦的、不高，三十多岁的样子？”周阿姨想起刚才抱安安的那女的。

曹阿姨点头：“是她，她就是抱去玩玩，别着急。我知道她，就住那栋楼。”她说着扭身指了指不远处的一栋楼说，“就住那儿，中间单元，好像是一层二号，是咱们老乡，好像叫冯双青，做小时工的。听说她自己生不了孩子，可能是喜欢你们家安安，抱回家玩去了。”

周阿姨谢了曹阿姨：“谢谢你啊，我都快急死了。”

“别急，没事儿的。”曹阿姨还劝她。

周阿姨急忙朝那栋楼奔了过去，边走还边想，这也太不懂规矩了，把人家孩子抱走，连声招呼都不打，什么人啊？到了那栋楼的中单元一层，因为心里有气，周阿姨敲门声就重了点。她“咚咚咚”地敲，边敲边喊：“你快把孩子还给我吧！你快把孩子还给我吧！”敲了半天，才有一个矮矮瘦瘦的老太太把门打开，周阿姨先是一愣，然后什么都没说就急着往里进，老太太拦着她问：“找谁呀？”

“我们家安安！”

“安安？”老太太不懂。

周阿姨说：“她把我们家孩子抱你们这儿了……”

老太太还是堵着门：“谁啊？”

“就住这儿的一阿姨，做小时工的，三十多岁，叫冯双青，她把我们家孩子抱走了。”

“她昨天就走了，说家里有事儿。”老太太还是拦着不让她进。

“刚才我还看见她呢。”周阿姨边说边往里挤。

老太太这回没拦着她，还指给她：“就那间是她住的。”

周阿姨推开门，一看房间是空的，心立马就悬到嗓子眼里，眼泪就开始往下掉：“她把安安带哪儿去了？我怎么跟他们交代啊？”

“孩子丢了？”老太太问。

周阿姨点点头。

老太太数落她：“你们这些当保姆的，就真心没把人家的孩子当回事儿……”

“我一直看着孩子，不知道怎么就没了……”周阿姨哭着说，“您知道她去哪儿了吗？”

“说是家里有事儿。”

“那您有她家地址吗？”

老太太摇摇头：“没有。”

“那我怎么办啊？”周阿姨抹着眼泪，“我们安安没了。”

“你确定是她？”

周阿姨点点头：“有人看见她抱着我们家安安。”

“我有她的身份证复印件，你看有用吗？”老太太说。

“有用有用，”周阿姨赶紧说，“身份证上有地址。”

周阿姨拿着复印件赶紧跑回家。她想好了，要是我爸妈问，她就说把安安放别人家了，马上就给抱回来。她回家一看，我爸妈还没回来。她赶紧把安安的奶粉奶瓶衣服什么的装在一个旅行包里，给我爸妈留了张条儿就慌慌张张地走了。

出门碰见别的保姆，她说家里有急事儿要回去一趟。她提着包等公共汽车的时候，还碰见刚才带着孩子一起聊天的保姆，人家还问她：“找到安安了？”

周阿姨点点头，还嘱咐人家：“别跟安安姥姥姥爷说，反正已经找到了。”

周阿姨一路坐火车换汽车，终于找到冯双青的家。她推开院子门，看见满院的杂草，一副很长时间没人住过的样子。她走到房门口，一把大锁锁着门。她不甘心还下意识地拍着门叫：“冯同志，冯同志……”她觉得只要她不停地敲，这门就能打开，就能找到安安。除了敲门，她也不知道她还能干什么。一想到那么小的安安现在不知道在哪儿，她的心就疼得恨不能一头撞在这门上，死了算了。

“砰砰砰！”她不断地使劲儿地敲着那扇锁着的大门。

这时有一个五十多岁的男人从这儿过，看见周阿姨在敲门，就站在院子门口跟她说：“他们走了快两年了，过年都没回来。”

“你知道他们去哪儿了吗？”

“北京，全家都上北京了。您找他们家谁呀？”

“冯双青。”

“噢，就他们家的媳妇吧，不能生孩子那个？”

周阿姨点头。

“你得上她娘家去找，听说离了。”

本来已经绝望的周阿姨一听这个，马上来了精神：“你有她娘家地址吗？”

“我哪儿能有她家地址，咱又不是村干部。你到村委会，找他们要，他们能有。”

周阿姨从村委会拿到冯双青娘家的地址，就往她家走。那时候，不像现在这么方便。说是不远，也十几里路，都是靠两条腿走。一路上，周阿姨都在想，看见这冯双青，上来就骂她小偷，偷什么不好，偷人家孩子。想到安安，周阿姨忍不住又掉泪。她决定不骂她，只要安安好好的，她什么都不说，她给她磕头，把头磕出血来谢她。只要能把安安找回来，让她干什么都行。

到了冯双青娘家，周阿姨刚推开院门，一个六十多岁的老太太从屋里出来问："找谁啊？"

"冯双青住这儿吧？"

"冯双青？"

农村人热情，老太太把周阿姨让进屋里，说她是冯双青的妈妈，冯双青现在在北京打工，去了有两年了，也没来过信，不知道她在北京住哪儿。只是今年过年的时候托人带过东西捎过话，说她挺好的。

周阿姨听到这儿当时眼泪就出来了，强忍着问："那带东西的人知道冯双青在北京住哪儿啊？"

"你找她到底有什么事儿啊？"

周阿姨想偷孩子的事儿不能随便说，逼急了，冯双青再把安安弄死扔了。所以她说："我想让她在北京给我找个活干，听说北京钱好赚。"

"赚那么多钱有什么用，不能生孩子，她婆婆一家还不是瞧不上她。你是不是从她婆家那村来的？"

周阿姨点点头。

"不知他们离了没，她老公一直想跟她离。"

周阿姨不想刺激这老太太，所以说："不知道啊。"

老太太马上问："你跟她一个村，怎么不上她婆婆家问，跑这么远问我？是不是真离了，她婆婆家也不知道她地址？"

“不是，”周阿姨赶紧解释，“他们全家都去北京了，过年都没回来。”

“走，咱们去问她，”老太太边说边带着周阿姨往外走，“过年的时候，冯双青托人给我们带东西，这会儿人还在呢。”

带东西的人姓刘，五十多岁，周阿姨叫她刘姐。周阿姨问她知不知道冯双青现在住哪儿，她说知道知道。周阿姨不敢说冯双青已经不住原来的地方，搬了。等她看到刘阿姨递给她的纸条，上面还是她昨天去过的地址，她就知道她是找不到冯双青、找不到安安了，忍不住眼泪就出来了。

冯双青的妈妈还劝她：“不就想到北京找个工作吗，还用得着哭？你们村也不是就她一个人在北京干，再问问别人。”那刘阿姨也劝她：“我在北京有朋友，我给你写张条儿，你去找她，保证能给你找到事儿干。”

周阿姨想直接指着冯双青她妈妈的鼻子骂：“都是你养的好闺女，偷什么不好，偷人家孩子！”可她张了张嘴还是憋住了，不能打草惊蛇，这个道理她懂。

这个时候的冯双青正带着安安住在北京一处城乡接合部的一家小旅馆里，她前夫现在家的旁边。

九个月前，她和前夫到北京正规医院做了检查，老公没问题，她是输卵管严重畸形，怀不了孕。老公就名正言顺地跟她离婚了，谁叫你生不了孩子呢。在农村，娶老婆就是为了传宗接代的，不能生孩子，肯定没法儿要你。

离了婚的冯双青不甘心啊，才三十几岁，就这么一个人单到死，那可不成，而且她也想要个孩子啊。离婚这几个月，她天天就琢磨怎么能跟前夫复婚。她和前夫感情不错，要不是她不能生孩子，怎么也能相伴到老。孩子孩子，怎么才能有个孩子？

她是做小时工的，就是给几家人做家务，每家每天做两三个小时。累是累点，但赚的钱多，而且自由，做多做少自己可以掌控，累了就少做一两家。她不想整天赚钱，就想要个孩子。她到北京各大医院都去看了，想让医生把她那畸形的输卵管给治好，可都说不行。她心灰意冷，突然就想着偷别人孩子当自己的养，谁也不知道。她还挺为自己的聪明得意。

她因为不能生孩子，还被离婚了，觉得没脸见人，不愿意跟住处周围的保姆认识，虽然好多都是她的老乡，她就怕别人问她孩子怎么样，在老家谁帮着带呢。她做小时工，做完就回自己住处，尽量不跟其他保姆打招呼，所以认识她的人不多。

从她决定偷孩子那天起，她就开始留意周围的孩子，偷一次不容易，要偷就偷男孩。她想抱着一胖小子去找她前夫，说是他的儿子，他还不乐坏了，马上就能跟她复婚，她马上就能有一个完整的、有老公、有儿子、人人羡慕的家。每每想到这儿，她自己都能乐出声来。

她瞄上了几个小男孩，安安就是其中一个。她决定动手那天，就提前辞工退房，在前夫住处附近的小旅馆住下，准备偷完就跑这儿来躲着。北京这么大，谁能找到她？

那天，她趁着几个保姆在大柳树下面聊天，抱着安安就跑了。她想好了，人家要追上，她就说抱着玩玩。等她心狂跳，腿发软，手忙脚乱搭上出租车，才算松了一口气。安安开始还哼哼唧唧地要哭，等出租车一开，他看着窗外发愣，也不哭了。

冯双青抱着安安找到前夫的住处，他住在城乡接合部的一间平房里。一个二十来岁的女孩正站在门口一凳子旁边洗衣服，好像还怀着身孕。

冯双青犹豫了一下，然后问："齐冬旭在吗？"

"不在，上班去了。"女孩疑惑地上下打量着她。

"你不是他们齐家的人吧，我怎么没见过你？"冯双青问。

"我是他老婆。"女孩说。

冯双青快站不住了，老婆？没听说他结婚啊，怎么就有老婆了？

"他什么时候结的婚，我怎么不知道？"

女孩其实只是跟齐冬旭同居，没结婚。所以她问："你是谁呀，你肯定不是他老婆，"女孩说着特意看看冯双青手中的孩子，"他老婆生不了孩子，离了。"

"离完我才知道怀了三个月了，还是个儿子。"冯双青得意地说，"他得跟我复婚！"

女孩没说话，下意识地摸了摸自己的肚子。

晚上，齐冬旭下班回来，把冯双青强行送回到小旅馆，关上门跟她说，赶紧把孩子送回去，不管这孩子是买的还是偷的都是犯法。

冯双青哭哭啼啼："你连自己的亲生骨肉都不认，你的心怎么那么狠啊？小三的孩子就是孩子，我生的孩子就不是孩子？"

齐冬旭脑子还挺清楚："九个月前咱离的婚，离婚前你做的妇科检查，要是你当时怀孕了，医院能检查不出来？你赶紧把孩子还回去，让警察抓住你得蹲监狱。"

冯双青不走，就是哭。等冯双青再带着安安去找前夫齐冬旭时，他们已经搬走了。找房东打听，房东说这月还没住满呢，就跑了，也没说去哪儿，不知道是怎么回事儿。

冯双青傻了，只好带着安安继续住在小旅馆里。她这半年赚的钱除了给安安买奶粉，和她自己吃饭，住几天旅馆还是能负担得起。

可她不知道往下该怎么办，齐冬旭躲起来了，还有个怀了孩子的女朋友，他不需要她了。把安安送回去，舍不得，好不容易有个儿子。回老家，带个孩子谁养她？留北京，出去打工孩子怎么办？她赚那点钱，请不起人帮她带孩子。干脆送回去，就说自己喜欢安安，带出来玩玩？

犹豫来犹豫去，冯双青拿不定主意。她没事儿干，就抱着安安在小旅店门口溜达。

小旅店门前人来人往，还真有人注意到冯双青了。看她一人抱着孩子老在门口晃，一副没着没落的样子，一个四十多岁的男的就盯上她了，主动上前跟她打招呼："哟，大妹子，你这孩子够壮的，几个月了？"

冯双青听了高兴："才三个月，看着像半岁的，以前奶粉都是从加拿大带来的。"

这男的一听，脑子那么一转，就猜出这孩子八九不离十不是这女的的。她这装扮，也就是农村出来打工的，加拿大奶粉她是肯定买不起的。

这男的早中晚都特意从小旅店门口过，跟冯双青聊上几句，有时还接过安安抱抱。没两天工夫，这男的就把冯双青那点事儿打听清楚了。

这男的姓武，中等个儿，黑瘦，一口黄牙，嘴上总叼个烟卷。他跟冯双青其实还是老乡，来自一个省，但不是一个县的。他脑子活，虽然才小学毕业，在村里还混个小会计当当。看村里人都出去打工，赚了钱回来盖房，他眼红，也跑出来打工赚钱。可他呢，原来在队里当会计就没怎么干过体力活。到北京后，工地的活他嫌累，不愿意干。几个月后，他就瞄上了一门生意，买卖小孩。从农村小孩多的人家收购孩子，再卖给生不了孩子的人家，这钱来得快，还不累。要男孩的人多，要不是有缺陷，一般人家都不愿意把男孩给出来，所以男孩价钱高。

看着安安又壮又结实，他知道肯定能卖个好价钱。他原来打算把冯双青和孩子一起拐卖了，把冯双青卖给山沟里找不到老婆的农民，再把孩子转手，这一大笔钱就赚到了。

可他琢磨了一下，决定放弃冯双青。她在北京打工，见过大世面，把她哄到山沟里去卖不容易。要是卖完她再逃出来，人家还得找他要人，麻烦，不合算。还是把安安想办法卖个好价钱是上策。

于是，这武先生就给冯双青做工作，威逼加利诱，什么一个女人带着这么小的孩子根本没法儿生存。再说丢孩子那家要是报警了，抓住她就得蹲监狱，还不如让他赶紧帮忙把孩子脱手，就跟这事儿没发生一样，她该干什么就干什么去。等什么时候，她存下钱了，再抱个孩子直接回老家踏实过日子。这武先生还说，要不是看她人善，他还不愿意帮她呢，帮她也有风险，真让警察抓了，他多冤枉啊。

冯双青确实也害怕被警察抓。所以当武先生给她两千块钱，她千恩万谢，还退给武先生二百元算酬谢，然后把安安交给武先生，自己买了张火车票到上海打工去了。

武先生一转手就把安安卖了，卖了两万元。买主是一农村的木匠，姓于，武先生跟人家说的是冯双青编的故事，一女的，离婚后怀上前夫的孩子，前夫又新结婚了，她自己带不了，想替孩子找个好人家。买家有意，觉得这孩子出身清白，也没病没灾的，大胖小子看着就高兴，可嫌贵。一九九五年的两万元，相当于现在的十万元都不止。武先生会做买卖，他说嫌贵没关系，想要的人多着呢。于木匠家底厚，跟亲戚朋友的借借，凑够两万元给了武先生。于是我的安安就成了于木匠的儿子——于凯旋。

那跟我们没血缘关系的儿子又是怎么到我们家的呢？

第五章
老妈的直觉

05 –

chapter

虽然当时谁都不知道安安已经被人偷走了，但我妈就是感觉安安有事儿。不管她怎么强迫自己相信安安不会有事儿，不论她怎么反复问自己“安安跟周阿姨在一起会有什么事儿”，不论她和我爸怎么安慰我别想太多，她自己心里还是着急，昼不能安夜不能寐。

她先给周阿姨老家打了电话，周阿姨儿子周荣军告诉她周阿姨还没到家，说第二天肯定能到。所以我和父母都认为等第二天跟周阿姨通完电话，我再订回国的机票。

不承想，第二天我妈给周阿姨打了几次电

话，她家都没人。我爸妈着急了，马上订了当天的机票，要飞过去接安安。他们急急忙忙收拾好行李，打电话叫了出租车。我妈利索，收拾好就拿着她的东西先下楼等出租，他们住三层，楼里没电梯。出租车一来，我妈就朝楼上喊：“车来了，快点儿！”我爸那时已经下到二楼，听我妈一喊，一着急脚踩空了，从楼梯上滚了下来。我妈吓得当时就让出租车把他们拉到附近医院。

虽然没大事儿，但我爸脚崴了，行动不方便。他让我妈自己先走。我妈既惦记安安，又不放心我爸一个人在家。虽然家里有小时工，只是上午来两小时，把午饭做好就走。最后，我妈和我爸商量，他们先把机票退了。如果第二天周阿姨全家还不在，我妈再马上飞过去。

我爸都这样了，我决定第二天回国。我妈说不用，她已经请好人明天可以过来照顾我爸，如果周阿姨还没到家，她就飞过去，让我等消息。

第三天上午，周阿姨终于从冯双青的老家辗转几路长途汽车回到她老家。她儿子周荣军见到她第一句话就是：“安安呢？”

周阿姨哭了，一屁股坐到门口的小竹椅子上说：“安安丢了，被一个叫冯双青的女的给偷走了。”说完又惊恐地抬起双眼问周荣军，“你怎么想起问安安？”

“安安姥姥打电话找你，问家里到底有什么急事儿，问安安怎么样。”

周阿姨微张着嘴愣愣地看着周荣军不说话。

“怎么就给偷走了？”周荣军问。

“我哪儿知道啊，安安一直在车里，不知道她什么时候偷的……我去她婆婆家、她娘家都没找到她。”周阿姨开始抹眼泪。

“报警了吗？”周荣军问。

周阿姨使劲儿朝他摇手：“不能报啊，安安是在我手里丢的，警察要找不到冯双青，就要抓我。”

“不会抓你的，又不是你偷的。”

“可我没脸见他们家人，我对不起他们！”

“那小孩子没了，他们早晚要知道的。”周荣军说。

“那怎么办啊？”周阿姨又哭了，那圆圆的满是雀斑的脸上全是泪水。

“赶紧报警，警察也许能给找回来。”

“要是冯双青知道警察在找，她把安安弄死怎么办？”周阿姨捂着脸伤心地哭着，“安安……”

这时周荣军的老婆高海英抱着一小孩从屋里出来，看见周阿姨便说：“哎，妈妈回来了。怎么才回来，到哪儿去了，不是说你大前天就离开北京了吗？安安呢，说你带着他们家安安回来的？”

“你少废话！”周荣军瞪着她说。

高海英三十出头，高个子，挺壮的，脸孔红红的像抹了胭脂的样子。她看了看周荣军，又看了看周阿姨，然后把抱着的孩子往周阿姨跟前递：“你还没见过根宝呢。”

周阿姨擦了一把眼泪，把根宝接过来抱在怀里仔细端详着，然后叫：“安安……”

“他叫根宝。”高海英说。

周阿姨看着怀里的孩子哽咽着说：“根宝，叫奶奶。”

“还不到三个月，哪儿会叫人。”周荣军说完顺便把还在屋里玩的俩女儿大妞二妞叫了出来，她们一个五岁，一个三岁，跟高海英一样，小脸蛋都红扑扑的，每人耳朵上边都梳了两根短短的小翘辫。周阿姨看着她们说："也没来得及从北京给你们带什么，明天奶奶带你们买糖去！"

大妞二妞高兴得直点头，头上的小翘辫子也跟着上下晃动着。

"喜欢弟弟吗？"周阿姨看着怀里的根宝问她们。

"喜欢，"大妞说，"就是老哭不好。"

这时一个小伙子骑车过来，看见一家人都在院子里就朝他们喊："北京来电话，要找周阿姨！"说完他看看高海英又看看周阿姨，不确定谁是周阿姨。

这电话是我妈打的。

周阿姨说什么也不去大队部接电话，周荣军只好代他妈妈去了。周荣军告诉我妈周阿姨到家了，安安挺好，让我妈妈放心。

说实话，我妈不放心。

周阿姨在我们家干了十年，按我妈对她的了解，她走的时候只留了张条儿，还把安安给抱走了。安安在我爸妈心里是什么位置，周阿姨比谁都清楚，这电话她怎么都会接。

可她没接。

我妈放下电话就跟坐在沙发上假装看报，其实竖着耳朵等安安消息的我爸说："还是她儿子接的电话，说是到家了……"

"到了就好。"我爸说，"那你就不用去了。"

我妈气不打一处来："好什么，到了为什么不接电话？她能不知道我们惦记安安？"

"你意思是她没到，她儿子怕咱们着急说到了？"

“她到了就应该来接电话。”

“带个孩子一路上可能太累，又是火车又是汽车，从她家到大队部可能也不近，她也五十多岁的人了……”

我妈根本就没听我爸说什么，自己琢磨了一会儿，然后跟我爸说：“不行，我得报警去。”说完，就往外走。

我爸叫住她：“没事儿报什么警啊？”

“什么叫没事儿，安安丢了！”

“她儿子不是说安安挺好嘛。”

“我不相信。”

“你要报了警，安安什么事儿都没有，把周阿姨得罪了，她以后不愿意在咱们家干怎么办？现在找个像周阿姨这么牢靠的人容易吗？”

我妈没说话，我爸说得对，她没法儿反驳。周阿姨是好人，可她不接我妈电话，不亲口跟我妈解释为什么这么着急回家，为什么要带着安安跟她一起走，我妈就是不放心。妈妈回过身往沙发上一坐跟我爸爸说：“明天周阿姨再不接电话，我就报警！要不我干脆现在就去把安安接回来？”我妈说着就站起来要打电话订票。

“你明天先问问她什么时候回来，再订票也来得及。”

其实我也不放心，在加拿大这边，我连上班的心思都没有，请假在家，每隔几分钟就给我父母打个电话。伟劝我，别老骚扰他们。可我着急，控制不了自己，脑子里就是“安安，安安”。

伟大早上假装没事儿人一样去学校，还嘲笑我沉不住气。刚到学校就打电话问我，有没有消息。肯定没消息，国内的晚上，能有什么消息，要真有，也不是什么好消息。他到学校不到两个小时，打了好几个电话，然后就回来了，跟我一起守在电话旁。

我妈告诉我周阿姨带着安安已回到老家，她儿子说安安挺好，爸爸的脚也好多了，让我先别回去。

我爸在电话里跟我告状，说我妈要去报警，让他给拦住了。我妈抢过电话跟我说：“不管怎么说，明天周阿姨再不接电话，我就真报警了。”

“妈妈，你得跟她儿子强烈要求跟周阿姨说话，他可能体会不到咱们的心情。”我说。

我妈说：“行，我明天就跟他说，一定要跟周阿姨说话，他要推三阻四，我就跟他说要报警。”

“妈妈，报不报警咱明天再商量。”我说。

我嘴上安慰老妈，其实心里很纠结。我不但想报警，我还想找加拿大警察呢，儿子对我来说就是天底下最大的事儿。可周阿姨说孩子在她那儿，这警还真没法儿报。伟也是，急得百爪挠心，还在我面前强装镇静。

“不会有事儿的，周阿姨带着能有什么事儿，她儿子不是说安安挺好嘛。”他一遍一遍地说着，像是在安慰我，其实在安抚他那颗怎么也踏实不下去的心。

虽然周阿姨儿子说安安挺好，可是我、我父母，还有伟都感觉安安不好。我们虽然不断地找理由来解释周阿姨的行为，来麻木自己，可我们没办法欺骗自己的感觉。

“这事怎么说都不对，不管是亲属还是保姆，要把别人家孩子带走，必须经过人家的同意。”这话在我心里，在伟心里，在我妈心里，在我爸心里一遍又一遍地重复着、重复着。可它太残酷、太扎人，我们不想接受，我们拒绝接受。我们顾及和周阿姨的感情，顾及这十年她在我们家的表现，希望我们的担忧只是一场噩梦，醒来其实什么事儿都没有。

第四天，我妈妈又给周阿姨打电话，还是要求周阿姨接电话。周阿姨一听我妈要跟她讲话，吓得双手直摆："我不接，我不接！"她儿子周荣军只好自己又跑到大队部接电话。

他跟我妈说："我妈妈不舒服，您有什么事儿跟我说就行了。"

我妈问他，你妈妈什么时候回北京。周荣军说，"很快。"当我妈再问他，很快是几天？如果周阿姨有事，我们今天就可以过去把安安接回来。

周荣军一听这个就急忙说："别！别！三天，三天，三天我妈妈就带安安回去。"

周荣军连他妈妈回北京的日子都说不清，这让我妈更担心安安了。她忍不住就说："周荣军，这事儿我从开始就觉得不对，没什么大事儿，你妈妈不辞而别还带着我们家安安，到现在还不接我电话……到底出什么事儿了，你实话告诉我行吗？不行我就报警了。"

我妈用"报警"说事儿，她也觉得对不起周阿姨，可她就是放心不下安安。

"别，别报警，"周荣军说，"她，她就是有点不舒服。"

"那就让她在家多休息几天，我明天去接安安，好吧？"我妈说完刚准备挂电话，就听周荣军说："不用来，我明天让我妈来接电话，您跟她商量，她要愿意多待，你们来接安安也行。"

这话把我妈给稳住了，起码她决定第二天先不去接安安。

周荣军回家把我妈的话告诉周阿姨，周阿姨听了就是哭。

周荣军就说："明天她再来电话，你就去接，告诉她安安挺好就行了。"

"可我一提安安就要哭。"

"那你忍着嘛。"

"我忍不住。"

"那她报警怎么办？"

周阿姨用手抹了一把眼泪说："昨晚我想了一夜，要是警察抓了我能换回安安，我不怕，我愿意。我就怕冯双青害怕被警察抓到，把安安害了。不报警，她不会害安安的，她不能生孩子，好不容易偷的，她不会害他的。"

"我跟安安姥姥说了，你三天就回去……"

周阿姨看着儿子："明天你告诉她我三个月再回去。"

"她说你要想多待几天，他们就过来接安安。"

周阿姨傻了，看着周荣军不说话。

周荣军说："妈，你得跟他们说实话了，这么拖着不是事儿。"

"不能说，"周阿姨坚决地摇摇头，"他们受不了。"

我妈放下电话就跟我爸说："周阿姨还是不接电话，她儿子说她不舒服，说安安挺好，可我心里怎么都不踏实。"

"他说安安挺好你还有什么不踏实的？"我爸说。

"我就是觉得安安出事了……"

"能出什么事儿？"

"不知道，我就是觉得有事儿。"

我妈受不了内心的煎熬，没跟我爸商量就跑到派出所，跟值班的警察讲了周阿姨带走安安的详情。这警察姓王，二十多岁，一听周阿姨在我们家干了快十年了，就没把我妈说的太当回事儿。

我妈问他："你们什么时候能去他们那儿调查啊？"

"调查什么啊，她不是告诉你们带着你们家安安在老家吗？她要是带着孩子跑了，那我们可以立案。"

"可我就是感觉我们家安安出事儿了。"

"我们不能凭您的感觉立案啊。"

我妈着急只好说："安安是加拿大生的，加拿大人，他父母都在加拿大……"

这姓王的小警察一听这个立即请示汇报，领导让他跟当地派出所联系。当地派出所马上派人去了周阿姨家。

当警察开着吉普车停在周阿姨家门口，正在院子里玩的大妞二妞赶紧跑回家喊着："警察叔叔，警察叔叔来啦！"

在屋里洗菜的周阿姨一听"警察"俩字腿都软了，看见警察进来就开始哭："我不是故意的，我、我、我不知道她怎么把孩子抱走的……"

周阿姨连哭带说，几个警察没听明白她在说什么。她儿子周荣军不在家，她儿媳高海英抱着根宝过来挺着急地问："什么事啊，我老公被车撞了？"

"你老公被车撞了？"一警察被问糊涂了。

"那你们干吗上我们家？"

"我们来看看周阿姨和她带的孩子安安，北京那边打电话要求的。"

周荣军告诉过高海英安安被偷的事儿，所以高海英马上说："我妈不太舒服，孩子挺好。"她说着把怀里的根宝让警察看，"这不是他们家安安嘛，刚来几天，就变成我们这儿的娃了。”

派出所的小王警察马上到我们家告诉我妈，当地警察已经去了周阿姨家，看见安安了，挺好的。我爸这回有理了，跟我妈说：“我说没事儿就没事儿，安安跟着周阿姨不会有事儿的。行了，这回你该踏实了吧。”

第五天我妈再打电话，周阿姨就到大队部接了电话，告诉我妈：“安安挺好，对不起啊，让你们着急了。”

我妈就问她：“那天怎么就不能等我们回家再走呢？”

“当时一听说让我签字，就怕回去晚了，人家不让我签了。”

“那也不应该带安安回去啊！”

“我怕找不到合适的人带他……”

“你们是不是明天就回来了？”

“我身体不舒服，能不能晚两天回去？”

“你奶粉带够了吗？”

“带够了，明天，明天我带安安来接电话。”

我妈一听周阿姨这么说，再加上当地警察的查看结果，她就真放心了，所有的疑虑都烟消云散。她在电话里兴奋地告诉我：“安安没事儿，周阿姨明天就带他来接电话。”

我特激动，放下电话就搂着站我旁边的伟跳了起来：“安安没事儿！他没事儿！”

伟还嘴硬：“我就知道他没事儿。”

“你得了吧，你知道没事儿怎么没心思做实验？”

“还不是让你给咋呼的。”

“可是，可是……”我松开伟说，“我还是觉得不对，我的直觉告诉我安安就是有事儿……”

伟说：“你那不是直觉，是神经过敏，是有病。”

我也觉得自己可能有病，为什么一定要觉得安安有事儿？这不是咒自己儿子吗？我开解自己，安安挺好的，就别胡思乱想了。人性的弱点之一就是我们不愿意相信自己的感觉，我们愿意相信用希望编织的梦。

第六天，我妈一打电话，周阿姨就抱着她家根宝到了大队部，她拿着电话跟我妈说：“姥姥，安安在这儿，安安，叫姥姥！”

还不到三个月的根宝当然不会叫什么姥姥。

我妈在电话里也说：“他才多大，哪儿会叫人啊？”

可周阿姨着急，她想让我妈相信安安挺好，就一个劲儿地哄根宝：“叫姥姥，叫姥姥。”想让根宝就是哭一声也好。

根宝就是傻傻地看着周阿姨，哼都不哼一声。周阿姨一着急就掐了他屁股一下，根宝“哇”的一声就哭出来了。

电话那边的我妈终于踏实了。

我妈在电话里告诉我的时候，我的心也完全放下了。哭声都听见了，那还有假？我和伟这几天都没好好吃饭睡觉，我们俩决定出去吃牛排，好好补补，该正常上班，为老板效力了。

一大块儿牛排吞下肚子以后，我的大脑开始了正常运转。我跟伟说：“咱们还是把安安接回来吧？”

正悠然地喝着饭后咖啡的伟还沉浸在美食给予他的享受中：“为什么？”

“咱们不是说好三个月就接他回来嘛。”

“现在还不到三个月呢。你情绪不稳定，提前进入更年期了。”

“我怕了，我真的怕了，我受不了了，要再出一次事儿，我……”泪水在我眼睛里转着，我用勺轻轻地搅着面前的咖啡，刚刚过去的不安一下子又都涌了回来。

伟看我这样，用他的右手握住我的左手说：“想接就接，一会儿回去就订票。”

“你得了，订什么票啊，安安还没回北京呢。”我笑了。

再跟我妈通话的时候，我告诉她我想回去接安安。她和我爸都挺舍不得安安，我爸还把电话接过去跟我说，要把主要精力放在工作上，安安在这儿挺好的。

我打亲情战说：“我想安安了……”话一出口，眼泪就要掉下来，声音开始哽咽。

我爸就不说话了。我妈说催催周阿姨，她身体好了就让她赶紧带安安回北京。

第六章

买个男婴

06 -

chapter

我妈再给周阿姨他们大队部打电话时，人家不愿意帮助去找周阿姨了。接电话的人跟我妈说：“我们这电话是工作用的，这几天老给你们传电话，都影响我们工作了。我们大队长说了，不能再帮你们传电话了。”

我妈一听就生气了：“你们大队的人私自把我们家孩子带走，我能不打电话问吗？”

接电话的是个小伙子，他一听我妈的口气，不知道我妈在北京是当什么官的。小伙子既不想去传电话也不想得罪我妈，就软了下来，客气地说：“你们家孩子不是找到了吗？”

"找到了我就不能打电话了？你们是怎么为人民服务的？"我妈退休前确实是当官的，一生气说话就有点颐指气使的。

小伙子听了有点发怵："不是我不愿意传，是我们大队长说的不让给传电话了。"

"把你们大队长叫来，我问问他，怎么一点为人民服务的精神都没有？"

小伙子可不愿意把大队长叫来挨我妈的训，所以他说："您有什么事儿可以告诉我，我写下来，让人带给周荣军家好不好？"

我妈还坚持："叫你们大队长！"

"他不在，您有什么事儿跟我说，我保证给您传到。"

我妈没辙了只好说："告诉周阿姨，我女儿马上要回国接安安回加拿大。"

小伙子一听加拿大，牵涉到国际友人的问题，马上说："您一小时以后再打过来，我现在给您找人去。"说完骑上自行车就去找周阿姨了。

等周阿姨到大队部接上我妈的电话，我妈就问她身体怎么样、什么病、大概什么时候能回北京。周阿姨说好多了，尽快会回去。

我妈就问："大概什么时候啊？"

"一好就回去，安安挺好，奶粉也够，别担心。"周阿姨说。

"不是我担心，"我妈说，"安安他妈妈要回来接安安，你有了准日子，她才能订机票。"

晴天霹雳，周阿姨差点没倒在地上。

不知道周阿姨是怎么答复我妈的，反正我妈后来在电话里是这么跟我说的："周阿姨也两年没回老家了，好不容易回去一趟，她愿意多待几天就多待几天吧，反正安安挺好的。"

我的直觉，我的第六感，我的一切的一切都觉得不对，可我把这许许多多的不安给压了下去，安慰自己，安安挺好的，安安什么事儿都没有。我和伟专心布置安安的房间，等着他回多伦多。

我们租的是两间卧室的单元房，原来一间做卧室，一间当书房。现在我们把书房全部腾空，该扔的扔，不能扔的就往我们卧室或者走廊塞，总之一定要保证安安的卧室绝对北美化，白色的小床，白色的衣柜，房间的墙壁和窗帘都是淡蓝色。想象着安安躺在这张小床里，手舞足蹈，咿咿呀呀，我整个人都醉了。

其实，我的心一直在深深地不安着，伟也一样。可是我们都不说，怕对方着急，也怕吓着自己。心理学有个最基本的概念，你相信什么，什么就会实现。我们相信安安没事儿，我们把他房间都准备好了，床买好了，还有舒适的被褥、漂亮的衣服、多彩的玩具，甚至书，安安就要回家了。

周阿姨一听我要回去接安安，整个人垮了。吃不下东西，睡不着觉。她儿子劝她，还是赶紧报警吧，这么拖着不是个办法。周阿姨不愿意报警，她怕冯双青伤害安安，也不敢面对我父母，能躲一天是一天。现在不能躲了，怎么办？她儿子劝她，劝着劝着她就晕过去了。晕是生理上的躲避。

大队的医生给她扎针，她倒是醒了过来，可两眼发直，躺在床上一动不动地盯着天花板。她儿子周荣军害怕，把她带到县里医院去看。那儿的医生查不出来她得了什么病，说没病，让回家。

回到家，周阿姨还是躺在床上一动都不动，夜里也不闭眼，就那么盯着房顶。儿子和媳妇都害怕。

“怎么办啊？”高海英悄悄地问周荣军，“妈也不能老这样，不吃不喝人能挺几天？”

“你会不会说话？”周荣军正烦呢，听高海英说妈妈挺不了几天他火就上来了。

“咱们得想办法啊。”

“想什么办法，医生都没办法。还不是因为你……”

“跟我有什么关系？”

“要不是因为娶你要盖房要给礼金，我妈能上北京帮人吗？她要在家待着，能出这事儿吗？”

“我让你娶我了吗，不是你找的媒婆上我们家提的亲吗？你要嫌我多余，那我现在就走！”

高海英说着就进了里屋，把怀里抱着的根宝往床上一放，开始收拾东西。

大妞二妞跟了进来问：“妈妈你去哪儿？”

“回姥姥家。”

“我们也去。”

这时周荣军进来，俩女孩朝他嚷嚷起来：“爸爸，我们也要去姥姥家！”

“谁都不许去！”周荣军喊了一声，大妞二妞不敢说话了。高海英提着收拾好的旅行包，抱起床上的根宝就要走。因为抱根宝的时候手重了点，根宝“哇哇”地哭了起来。

周荣军把根宝从高海英怀里抱了过来，哄着。

高海英提着包就要走，大妞二妞一人一边拉着她：“妈妈，我们也要去！”

周荣军朝高海英喊道：“你就别添乱了行不行？我现在就去报警！”

“不能报警！”躺在那屋的周阿姨声嘶力竭地喊了一声。

周荣军抱着根宝来到她身边，高海英和大妞二妞也都跟了过来。

周阿姨盯着周荣军，声音跟游丝似的说：“不能报警！”

“那怎么办？”

周阿姨哭了：“我死了，一命还一命！”

“妈，咱们报警，警察帮助找回来，不就没事儿了吗？”

“找不回来了，谁都不知道冯双青住哪儿，北京那么大，中国那么大，上哪儿去找？”周阿姨说，“让我死了，我死了就干净了。”

这时高海英说话了：“妈妈，咱买个孩子行吗？”

周阿姨一下来了精神：“有卖孩子的？”

高海英点点头：“我妈那村有家全是女孩，就买了个男孩。”

“那不像安安怎么办？”周阿姨还是发愁。

“孩子这么小，养胖点儿，穿上安安的衣服，再说他妈妈不是好几个月都没见他了，看不出来的。”高海英说，看着婆婆这样，她心里也难受。

“安安……”周阿姨念着“安安”的名字，又忍不住哭了起来。

周荣军想让大妞二妞在家陪着周阿姨，他骑着车送高海英和根宝回娘家去问买孩子的事儿。俩女儿不干，非要跟着去。

“让她们去吧，我没什么事儿，把钱带着。”周阿姨说着就坐了起来，从身上掏着钱。

周荣军说："妈，钱不着急，等看见孩子再拿钱也行。"

"那哪儿行啊，有合适的孩子就赶紧抱回来，我等着回北京呢。"

高海英带着三个孩子一回到娘家就打听怎么买孩子。那偷偷买卖孩子的人是一个四十多岁的女的，胖胖的，姓钱，都叫她钱嫂。她在县里一家饭馆的后厨干过，不知道从什么时候开始就干起这买卖孩子的事儿了。

一听高海英说是要男孩，钱嫂就发愁了，说有生了女孩想送人的，生男孩要没毛病谁会送人？

高海英就说："不是一般的人家，要上北京还出国，你就多打听打听，帮个忙，钱好说。"

钱嫂一听钱好说就来精神了，骑着车到处打听，还往县城跑，可几天了还是没找到一个男孩。钱嫂还找了专门拐骗小孩的人，人家也说，三个月的男孩不好找，都在手上抱着、车里推着，不容易到手。到别人家偷，那么小的孩子爱哭，一哭就被发现，抓起来要住监狱的。

周阿姨在家等得着急，坐一会儿就站起来在屋子里转圈。走一会儿又躺下，在床上唉声叹气。一会儿又跪在地上，望着房顶，嘴里念念有词，不知在求谁呢。

我父母也着急，周阿姨这病怎么老不好？也不知道是什么病。着急是着急，他们也不好意思再往大队部打电话了。周阿姨告诉他们，定好回去的日子就给他们打电报，我妈就天天在家等着邮递员送电报。

我也没耐心了，天天下班回来在安安的小屋里东看看、西摸摸，跟伟一起营造着安安回来后的欢乐。

“你觉得安安会不会怕举高高？”我问伟。

“我儿子肯定不怕！”

“儿子会不会不愿意一个人睡，他在北京都跟周阿姨睡一张床？”

“没事儿，我睡他旁边的地上。”

“要不然让他跟咱们睡？”

“那不成，我儿子得按男人那么养。”

“你说，周阿姨到底得什么病了，还老不好？”

“就想多在老家待会儿呗。”

“你真这么觉得？”

伟点点头：“不这么觉得还怎么觉得？”

“安安肯定没事儿？”

“没事儿，别瞎想了。”

“好，不想！”

高海英在娘家住了三天，钱嫂也没找到谁家有男孩不想要的。昨天，有人从高海英娘家过来走亲戚，高海英就托他给周荣军带个口信，说还没找到。周阿姨在家着急，怕高海英想在娘家多待几天，故意拖着不着急办事儿，就让周荣军骑车再去打听打听。

那时候没有手机，有事就靠走路或者骑车。周荣军到了高海英娘家，看高海英和三个孩子都挺好，就是想买个男孩的事儿没着落，就把高海英和三个孩子一起带了回来。周荣军骑着一辆二八男车，跟去的时候一样，高海英抱着根宝坐他后面，大妞二妞坐他前面的横梁上。路上，他跟高海英商量：“回家我就去报警。”

“妈同意报警了？”

“老这么拖着哪天才是头儿？”

“那妈要不同意怎么办？”

“真报警了她就踏实了。”

“会把她抓走吗？”

“警察抓过丢东西的人吗？”

一到家周荣军就劝周阿姨去报警，她一听就哭了起来：“我对不起安安，对不起他姥姥姥爷，对不起他爸爸妈妈，我就是个罪人啊，姥姥姥爷怎么跟他妈妈交代啊？”

这天，我妈因为着急又给周阿姨打电话了。虽然大队部的人没去找周阿姨来接电话，但是人家把我妈要问的话都带给周阿姨了。我妈问她，病好了没有，如果暂时还回不来，就好好休息，她和安安姥爷马上过来把安安接走。周阿姨不知道该怎么办，可还是坚决不同意报警。

“躲得了今天，躲不了明天，报了警，警察还有可能找到冯双青，把安安找回来。”周荣军又把这话重复了一遍。

“你要报警，我就死给你看！”周阿姨说。

晚上我妈给我打电话说了一下情况，我说那我回去吧，我回去到周阿姨那儿把安安抱回来得了，你们俩就别去了。

放下电话我跟伟商量，他也同意不等了，让我回去接安安，并马上帮我订了机票。

我父母也帮我订了去周阿姨那儿的火车票。这样，我一到北京，下了飞机就可以搭火车去周阿姨家接安安。

这时候，我才真正踏实了，终于可以见到安安了。我和伟都猜测，周阿姨很可能不小心把安安烫伤了，不愿意让我们知道，所以带回老家去养，养好了再回来。这理由虽然很勉强，但那时候的我们绝对想不到安安被人偷了。

第二天上午，我妈就给周阿姨所在的大队部打电话，让他们转告周阿姨，说我两天后的几点到周阿姨家。

周阿姨一听这个就开始收拾东西："我要走了，我要走了，我没脸见安安妈妈，我要走了。"

周荣军说："你去哪儿？现在告诉他们还来得及。"

"不，我就要走。"周阿姨提着包就往门外走。

高海英抱着根宝也来劝她："妈，你一个人能到哪儿去啊？说清楚就好了。"

大妞二妞看妈妈拦着奶奶，不让奶奶走，她们也过来，一人抱着奶奶一条腿："奶奶别走！"

"奶奶下辈子来带你们！"周阿姨推开她们，硬要往外走。

这时有人敲门，周荣军过去把大门打开，钱嫂抱着一个孩子站在门口。

"哟，钱嫂，你怎么来了？"高海英问。

钱嫂赶紧说："孩子，孩子给你找到了。"

全家人都一愣，朝她手中的孩子看过去。

高海英马上问："男孩？"

钱嫂拼命点头，周阿姨急着过去掀开包着孩子的小斗篷，她看见一张胖嘟嘟的小脸，还睡着呢。周阿姨把孩子接过来放到床上，把小斗篷打开，解开尿布，一看确实是男孩，她抱着他就哭了：“安安，安安，可找到你了！”

周阿姨让周荣军骑车到镇上的邮局给我妈打电话，说她两天后就带安安回去，让我妈告诉我别过来了，在北京等着安安就行；还说农村条件不好，我刚从国外回来不适应。

我妈在电话里告诉我周阿姨两天后就带安安回北京，让我在北京等他们。

我听完后，除了踏实就剩高兴了，朝伟喊着：“安安要回来了！安安要回来了！”

周阿姨把我们都安抚下来，才有工夫仔细看新来的安安：“长得不像安安啊，怎么办？”

高海英说：“孩子那么小有什么像不像的，看着都一样，你把安安的衣服给他换上再看。”

周阿姨就把安安的衣服给他穿上，再看：“还是不像啊。”

周荣军就说她：“妈妈，像不像就是他了，好不容易找来的，还花了那么多钱，不像你不是也得带他回北京吗？”

周阿姨想想也是，再不像也得硬着头皮把他当安安交给他们了，她忍不住又开始抹眼泪：“可怜的安安，不知道现在在哪儿。你们说那冯双青怎么那么坏啊，偷别人的孩子，就不怕老天报应？”

周荣军已经准备好第二天乘长途汽车送周阿姨和那孩子到县里，

再把他们送上火车，安安被偷走的事儿就算过去了。反正他们丢的是男孩，再还给他们一个男孩，差不多了。

从周阿姨开始给这孩子喂奶就发现，他吐奶吐得太厉害。开始周阿姨没当回事儿，以为是孩子不适应。可一直吐，周阿姨就有点担心，跟周荣军说是不是要到医院看看，可能有什么病。

可周荣军和高海英都说，这么小的孩子吐奶正常，多拍拍后背就好了。还说这孩子挺乖的，不哭不闹，也不发烧不咳嗽，不用看医生。

等到下午，喂完奶，周阿姨耐心地轻轻地拍他后背，他还是吐。周阿姨就跟周荣军说："怎么也要让医生看看，明天在火车上，这么吐我一个人没办法弄他。"

周荣军就骑车把大队的医生找来，人家看了看说，还是去县里医院看吧，病在火车上麻烦。

周荣军还问他："他到底有什么病还要去县医院？"

"还是去看看，县里医生有经验。"大队的医生坚持。

"我们看他挺好，什么病都没有，干吗非往县里跑一趟？"高海英也说。

"去看看，去看看好。"大队医生还是让他们去县医院。

大队医生走后，周荣军还问周阿姨："去不去县医院？"

"去什么去？孩子不是看着挺好吗。"高海英说。

周阿姨犹豫："这医生好像看出什么了，要不就去看看？"

周荣军只好带着周阿姨和那孩子跑到县医院，医生告诉他们这孩子是脑瘫，还给他们开了诊断书。

脑瘫？

第七章

退款

07 –

chapter

我顺利飞回北京。

下了飞机，因为兴奋，一点儿都不觉得累。回到家，放下行李就拉着爸妈和我一起逛商店。我给安安买了好多纯棉的小衣服，够从五六个月穿到一岁的。我爸妈也给安安买了好多东西，从清代的瓜皮小帽到中式小棉袄小棉裤，想象他穿上的样子一定特别好玩。

“别买了，”我劝他们，“我带不了……”

在商店里，我爸还没忘嘱咐我：“明天周阿姨回来别说她，反正安安什么事儿都没有就行了，你以后也不让她带了。”

“我知道，你没想让我表扬她吧？”我说。

我妈说：“你爸就怕周阿姨生气以后不愿意在我们这儿干了。”

“我知道，现在找一个像周阿姨这么可靠的保姆不容易，我还给她买了一件夹克呢。”

“那就好。”爸爸踏实了。

晚饭，我们在外面吃的北京烤鸭。晚上，我踏踏实实睡了一大觉。每次回国都没有时差，可能因为北京毕竟是自己出生长大的家。爸爸已经帮我把去周阿姨老家的火车票退了，我们就等着明儿上火车站接我宝贝儿子安安了。没有一丁点儿不安，所谓的第六感在触手可及的现实面前已经退避三舍。

第二天早上，爸爸出去买的豆浆油条。正在我大快朵颐的时候，家里电话响了。

我妈接的：“喂？”

我继续吃着，没太在意。妈妈朋友特多，一起打桥牌的，一起唱歌跳舞的。

谁知妈妈说：“什么，安安病了？”

我一听这个赶紧放下油条，冲了过去从妈妈手里拿过电话着急地问：“安安病了？”

这时，妈妈在我旁边小声说：“是周阿姨的儿子周荣军。”

“有点不舒服。”周荣军在电话里说。

“你好，我是肖璐，安安的妈妈。”

“你回来了？”

“昨天回来的，来接安安。他怎么了？”

“就是着点凉，没什么大事儿。”

“发烧吗？”

“不发，就是有点闹，还吐奶。”

一听这个我真心受不了，马上说：“那我现在就过去！”

“不用，不用！”他很坚决地拒绝着，“很快就回去了，再说家里小，也没有你住的地方。”

“我可以住酒店。”

“我们村里没酒店，连招待所都没有。”

“那明天能回来吗？”

“肯定能，知道你着急。明天从我们这儿坐长途汽车到火车站，后天能到北京。”

“明天要好不了呢？”

“能好，让大夫给看了……”

“哪儿的大夫啊？”

“就我们大队的，没去县医院，怕传染上病。”

农村大队部的医生都没上过医学院，顶多是卫校毕业，我脑子里突然涌进许多小孩因为打错针变傻变聋哑的报道，所以马上问：“给他打针了？”

“没有，医生说就是着点凉，不用打针吃药。”

我应该放心了，可第六感又不请自来，“安安有事儿了！”这句话不断在我心里重复着，我坐立不安。我不敢跟爸爸妈妈多说，怕他们跟着着急。我爸还安慰我：“就晚两天，没事儿。”我妈看看我又看看我爸，什么话都没说。她可能跟我一样，也觉得不对，又怕说出来我着急，所以什么都不说。

我心里的不安都快承受不住了，等我爸妈一出去遛弯儿，我赶紧抓起话筒给伟打电话。

“安安病了，今天回不来了。”我告诉伟。

“什么？”

“安安病了，今天回不来了。”我又重复了一遍。

“什么病？”

“说是着凉，没发烧。”

“那没问题，什么时候回来？”

“后天到北京，可我觉得怎么那么不对啊，好像他们故意拖延不让我见安安似的，安安肯定出事儿了。”说着，我就开始哭。

伟说：“能出什么事儿？别瞎想了，自己吓唬自己。不就晚两天嘛，小孩生病是常有的事儿。”

“你真是这么想？”

“我真这么想。”他言之凿凿。

“你跟儿子没有心灵感应还是感觉变迟钝了？”

“有感应，他告诉我没事儿。你觉得会有什么事儿？”

我还真想不出来会有什么事儿。虽然我想象力还算丰富，可我怎么也想象不到这世界上还有偷小孩的。

放下电话，我告诉自己：“放心吧，安安什么事儿都没有！”我收拾餐桌，把用过的碗和碟子都放到厨房的水池子里面，等小时工来的时候洗。正收拾着呢，我爸妈回来了。

“哟，怎么这么快就回来了？”

“你妈，”我爸说，“老放心不下安安，没心思遛弯儿。”

我妈看着我说：“安安不会有事儿吧？”

“后天就到北京了，会有什么事儿？”爸爸说。

“可我怎么觉得周阿姨老推三阻四不愿意带安安回来呢？”我妈

说，跟我问伟的话几乎一样。

爸爸看了看我，然后跟我妈说："周阿姨对安安怎样，你不是不知道。"

男人在这种时候总是表现得比我们女人镇静，他们真的是不担心不着急吗？我发现他们其实是在掩饰，是故作镇静，是拒绝和女人一起歇斯底里。看我爸一会儿把电视换到天气预报台，然后告诉我们，这两天晴天，没雨，小风，不会影响安安回来。一会儿他又找出本厚厚的医疗手册翻看着，然后跟我们说，小孩着凉一般不会转成肺炎。伟也是，北京时间都下午了，是加拿大的凌晨，他还来电话问我："没什么变化吧？"

"你指什么变化？"我问他。

"就是安安病重了，明天上不了火车……"

"没有。"

"那就行。"

我都能听见他在电话那头儿松了一大口气。

其实现在我也怕电话铃响，我用眼睛盯住电话，好像给它施加压力——不许它响！"后天"不就是"明天"的明天，我等得了。

知道这男婴是脑瘫后，周荣军马上到镇上邮局给我妈打了电话，说推迟一天回去，先把我们给安抚住。然后让周阿姨在家带根宝和大妞二妞，他骑车带着高海英和那个小婴孩去了高海英娘家。

到了村里，他们直接去了钱嫂家。一进家门，钱嫂就问："怎么又给抱回来了？"

"脑瘫。"周荣军说。

高海英掏出诊断书递给钱嫂："这是县医院开的诊断书，咱不能把个脑瘫的孩子给人家啊。”

钱嫂接过诊断书看着：“我还纳闷呢，他们就这么一个男孩怎么还舍得给人？”

“怎么办啊？”周荣军问。

“还能怎么办？”钱嫂说，“退给他们呗。幸亏他们村不远，这要是别的地方就麻烦了。”

钱嫂骑上自行车，带着周荣军他们往那个村赶过去。

路上钱嫂还问他们：“不是着急要个这么大的男孩吗？”

“是着急，可孩子有病怎么给人家啊？”周荣军说。

“还有别的男孩吗？”高海英问。

“哪儿有呀？”钱嫂说，“你们得想好了，这要退给人家，再想要可要不回来了，脑瘫也能治好吧？”

“到了北京再往回退，麻烦。”周荣军说。

几个人抱着孩子进了门，一年轻女人赶紧就迎了上来一把把孩子从高海英怀里接了过去，旁边站的老太太马上过来说她：“你别抱啊，这不是咱们的孩子了。”

钱嫂指着抱小孩的年轻妇女跟周荣军和高海英说：“这是小邵，孩子的妈妈。”又指着那老太太说：“那是小邵的婆婆，孩子的奶奶。”

小邵三十岁左右，脑后梳个马尾辫，下面穿着黑色紧身裤，上身穿着大红的胸前还秀着花的套头毛衣。她婆婆五十多岁，中等个儿，脸和身子都挺胖的，还烫着头，头发染得漆黑漆黑的。

孩子妈小邵抱着孩子不知该怎么办，想还给高海英又舍不得，不给吧，婆婆又在那儿盯着她。

这时钱嫂说话了："这孩子脑瘫，这是医院刚开的诊断书。"她边说边把诊断书递给孩子妈。

孩子妈拿着诊断书脸就红了，眼泪在眼睛里转着。

这婆婆可就没那么容易了："什么脑瘫啊？你们抱走的时候不是还好好的，又白又胖？这要孩子可不能跟买东西似，不喜欢了还往回退的。"

"不是我们要退，"高海英说，"这孩子有毛病，我们没办法给人。"

周荣军也说："是北京一亲戚要的，我们不能给人家一病孩子是不是？"

"病不病，你们当时怎么不看清楚？"小邵婆婆说，她一句话就把责任推到钱嫂身上。

钱嫂马上说："我当时问你们孩子生过病没有，你们说从来没生过病，你们这是骗人！"

"这孩子在我们家时好好的，怎么到你们家就病了？既然是在你们家生的病，你们就得负责任。"小邵婆婆说，"你们给弄病了，还来找我们，这理找谁讲去？"

"县里医生说了，这病不是刚得的，孩子出生就是这样。"钱嫂说。

"你这是造谣，这诊断书上就没说。"小邵婆婆说，然后又厉声跟小邵说，"还不把孩子还给他们？"

小邵要把孩子给高海英，周荣军把高海英拉开："孩子这么小，老跟着我们这么折腾也不是事儿，小邵先带着……"

"那不成，孩子都不是我们的了，我们怎么能带他？"小邵婆婆说。

钱嫂也说："不能给他们，钱还在他们那儿呢。"

小邵抱着孩子哭了："你们说，说好了告诉我，我回我妈家了。"她说完，抱着孩子就往外走。

当婆婆的一把把她揪住："把孩子还给他们！"

"不！"小邵一扭身抱着孩子就往外走。

当婆婆的追了出去，两人在大门外低声说了半天，小邵还是带着孩子走了。

"孩子不舒服，让她先帮你们带两天……"

钱嫂就说："孩子也给你们了，你们把钱退了吧？"

"退钱？我们还没要帮你们带孩子的钱呢，明天我们就把孩子送你们家去！"

回来的路上，周荣军问钱嫂，能不能再帮忙找个这么大的男孩？

"没有，没有！"钱嫂直摇头，"谁家生男孩还往外给的？"

"我们多给点钱！"

"给多少钱也得有啊，这钱还不知道怎么要回来呢。"

周荣军说："县医院要能证明这孩子出生的时候就是脑瘫，他们肯定能退咱们钱。"

"哪个医生能给你证明这个？"钱嫂说。

"你知道这孩子大名叫什么吗？"高海英问。

"知道，我有他出生证的复印件，我还带着呢。我怕孩子不是他们自己的，是偷的，就跟他们要了出生证明，还跑到镇上去复印了一份。唉，忙了半天还帮了倒忙。"钱嫂边说边掏出出生证复印件给了周荣军，"拿好了。"

周荣军接过来说：“有这个就好办多了。钱嫂，这事儿怎么都怪不到你，咱们又不是医生，谁能看出是什么病，你的那份钱就别还我们了。”

钱嫂听了挺高兴。

“拿着出生证就能到医院去查，要是查到出生时就是脑瘫，他们就得还咱们钱。”高海英说。

钱嫂信誓旦旦：“你们要真能拿到证明，我就帮你们上他们家要钱去！”

周荣军看看表才两点，骑自行车一个多小时就能到县城，县医院还不会关门，他就带着高海英直接往县城骑。他心里没底，不知道这孩子是什么时候得的脑瘫，他问高海英：“这孩子要是出生以后才得的脑瘫，拿着出生证明医院也查不出来是不是？”

“那就得上小儿科查去。”

“人家给查吗？”

“不知道。”

“咱们到县里买条烟给医生你觉得他们能帮咱们查吗？”

说到这儿，高海英心里就有点窝火。想买个男孩买不到，给出去的钱也要不回来，这都什么事儿啊！所以她说：“我哪儿知道啊，就是你妈，怎么就把人家安安给弄丢了？”

“那我妈还不是为了咱们在外面赚钱。”

“丢什么都能赔，就丢孩子不能赔。你跟肖璐他们家说后天到北京，连孩子都没有怎么回去？你要再说安安病没好，她就过来了，看你们怎么交代？看不见安安，她肯定得报警！”

“住嘴！”周荣军大声喊着，“要不是你们家要彩礼，我们欠人家那么多钱，我妈能上北京帮工吗？”

“谁让你自己没本事赚钱娶媳妇，还靠你妈？”

“你混蛋！”

“你才混蛋呢！”高海英说着从周荣军自行车后座上跳了下来就往回走，“离婚！我不跟你过了！”

周荣军赶紧停下，把自行车往地上一放就去揪高海英：“都是我没用行吧？”他明白现在不是打架的时候。

高海英甩开他继续往她娘家走，周荣军追上去，朝她脸上狠狠地亲了一口，高海英一把推开他笑了：“让人看见！”

“我老婆我还不能亲啊？”周荣军嬉皮笑脸。

周荣军和高海英紧赶慢赶，县医院还没关门。他们找到妇产科，不知道他们怎么说的，反正医生还真帮他们查了。这个叫王民民的男孩儿出生时就是脑瘫。医生还建议他们去儿科看看，是不是一直在治疗。儿科医生帮他们查了一下病案，王民民从出生后一直在这儿看脑瘫。

拿着产科医生和儿科医生的证明，周荣军又骑车带着高海英去找钱嫂，三人一起又去了王民民家。

路上周荣军说：“这回她没得说了，出生就是脑瘫，出生后一直在县里医院看这个病……”

“这孩子也够可怜的，连亲奶奶都不要他了。要是我可不舍得给人。”高海英说。

“当妈的都不舍得。”钱嫂说，“你们不是看见那小邵了，抱着孩子就跑。”

到了王民民家，小邵婆婆看了证明说：“这玩意儿没用，找个熟人就能给开出来了。”

钱嫂说:“你怎么不讲理啊? 找你们队长去!”

“你找谁我都不怕,”小邵婆婆说,“买卖孩子犯法,你不怕被警察抓起来你就告去!”

钱嫂不知道该怎么办了,她怕被警察抓。

看僵在这儿,周荣军也怕警察知道了更麻烦,他小声跟钱嫂商量:“要不咱们先回去? 我妈明天回北京,我们再不回去,她要着急……”

“着急也没用,没孩子怎么回去?”高海英说。

小邵婆婆就是不给钱,周荣军、钱嫂他们也不敢太闹腾,怕惊动警察,只好先走了。出了王民民家,钱嫂说:“我刚才回去,还真有人说东边那村有个三个多月的孩子要给人。”

“那咱们现在就去看看?”周荣军说。

“男孩女孩?”高海英问。

钱嫂说:“女孩。”

“那不行!”周荣军马上说。

“要不咱们先抱回去,看妈怎么说?”高海英说。

“肯定不行!”

“那怎么办?”

“只能跟安安妈妈实话实说了。”周荣军说。

回到家,高海英从周阿姨怀里接过根宝,周荣军把周阿姨拉到她的卧室,详细地跟她讲了今天的办事经过,最后劝她没有选择,现在只能报警了。

周阿姨坐在床上拼命摇头:“不能报,不能报!”

“那你明天回不回北京？”

“安安没找到，怎么回？”

“那咱们怎么跟他们说？”

“怎么说？”周阿姨也不知道。

“安安他妈妈要非到这儿接安安，咱们怎么办？”

周阿姨哭了：“我在北京帮佣这么多年，就没出过这种事儿。千刀万剐那冯双青，偷谁的孩子不好，非要偷我们安安……”

“妈妈，咱们报了警，警察比咱们有本事，找到冯双青不就找到安安了吗？”

“不能报警，”周阿姨说着擦了把眼泪，“我这两天一直在想这个，我不怕了，丢脸就丢脸，骂我就骂我，我就怕那冯双青一听警察在找安安，再对安安下毒手，那安安就真没了。现在不管怎么样，安安还活着，她费那么大劲儿偷了他，不会害他的，不管活得好不好，都活着，只要活着就好。”

周阿姨一直担心怕安安被冯双青给害了。可不报警，周荣军又不知道怎么跟安安家里交代。

“就说没买到票？”周阿姨说。

“那安安妈妈要来怎么办？”周荣军说。

“你没问问钱嫂还有别的孩子吗？”

“有，跟安安差不多大的……”

“那你们怎么没给抱回来，我这儿有钱。”周阿姨说着就掏钱。

“女孩，女孩行吗？”

“不行啊。”

这时，他们听见有人在门外喊：“周阿姨，北京电话！”周阿姨和周荣军都哆嗦了一下。

第八章

冒名顶替

08 -

chapter

电话是我打的，我说事情十万火急，他们才帮我传的。

本来我是陪着爸爸妈妈在客厅看电视，我心里想着安安，真心看不下去，每一个画面都会让我想到安安。“不知安安好点没？”我问爸爸妈妈。

“都看了医生了，不会有问题的。”爸爸说。

“那难说，”妈妈说，“农村的医生……”

“农村医生怎么啦，不会比城里医生差，他们实践经验多。”爸爸说。

“我还是打电话问问吧。”我站起来要去打

电话。

“他们就大队部有电话，还不给传。”妈妈说。

“你呀，赶紧逛商店去吧，要不找朋友玩，在家待着没事儿干，想得太多。”爸爸说。

我是想得太多吗？安安是我的心肝，周阿姨没经过我同意就把安安带走，我觉得不舒服也很担心。很多被我压在心底的不安都翻了上来，为什么周阿姨回老家不跟我爸爸妈妈请假，说走就走？就算家里有人去世，请假的时间总还是有的。她要想在家多待几天可以，为什么又坚决不同意我去接安安呢？不能再想了，再想我就真崩溃了。

好吧，我去找同学玩，不想安安了。我回屋翻出通讯小本开始给同学打电话，还没打几个呢，从托儿所到大学的饭局都约上了。还有急茬儿的，小学同学郑小芹，一听是我马上问：“在哪儿呢？”

“家呢。”

“哪儿的家啊？”

“北京的家啊。”

“我马上找你去，想吃什么？”

“北京小吃。”

“等着啊，我带你去一好地儿，没减肥吧？”

“没有，回北京就立马不认这俩字了，哈哈。”

在小吃店里，奶油炸糕、豌豆黄、艾窝窝、豆汁、焦圈、灌肠摆了满满一桌。

“慢慢吃，我让我妈帮我接小娟了，咱们有的是时间。”

“小娟？”

“我女儿。”

“几岁了？”

“三岁。你儿子怎么样了，也没带来让我看看？”

“过两天就回来了。”

“上哪儿去了？”

“我们家老阿姨给带他们老家去了。”

“你在加拿大待傻了吧，干吗让你儿子跟她回老家啊？咱国内农村的条件跟国外农村没法儿比。”

“我没同意，她没跟我爸妈商量自己就给带走了。”

郑小芹一看我脸色不太好又马上安慰我：“没事儿，不是马上就回来了吗，只要没得病就好。”

“说着凉了这两天。”

“那你得跟你们阿姨说清楚千万别乱打针。”

“就是着凉，不用打针。”

“严重了，也不能乱打，再弄个耳聋失明什么的。”

我一听这个就坐不住了，马上跟她说：“不行，我得给她打个电话去！”

“吃完再去呗。”郑小芹说。

我已经跑远了，我必须问问安安现在的病情。那时候没手机，我也没带周阿姨所在大队的电话号码，只能赶回爸妈家给她打电话。

周阿姨让她儿子去接电话，他儿子说：“我不去，我不知道说什么。”

“你就说安安挺好。”周阿姨说。

“那她问明天是不是回来，我怎么说？”

“那你就说安安还没好。”

“那她说马上过来，我怎么说？”

“你怎么那么没用啊，连个话都不会说！”周阿姨生气了，骂她儿子。

“那你会说你去接啊。”

“我不去，你去！”

趴在门缝儿听他们说话的大妞二妞赶紧跑去告诉高海英：“妈妈，妈妈，奶奶和爸爸吵架了。”

高海英抱着根宝站门口听了一会儿然后进去说：“妈去接电话合适，抱着根宝，不会有事儿的。”边说边把根宝递给周阿姨。

于是周阿姨抱着他们家根宝来接我的电话。

我问她：“安安怎么样了？”

她说：“好多了。”

“没发烧吧？”

“没有。”

“你千万别让医生给他打针输液。”

“知道了。”

“没打过针吧？”

“没有，就是着凉。”

“那行，”我有一点放心，“我后天到火车站接你们。”

“安安还有些咳嗽，能不能过两天再回？”周阿姨犹豫了又犹豫，还是要求晚两天再回来。

我说：“我才请了两周假，你自己的事儿要是没办完，我可以去接安安。”

“不是我自己的事儿，我是怕安安在火车上吐奶不好弄。”

“那我现在就去接他。”

话还没说完就听见周阿姨说：“安安，叫妈妈，叫啊叫啊。”

然后话筒里就传来小婴孩“啊”的声音。

听到安安的声音，我心顿时就软了，眼泪一下就流了出来。想想周阿姨也是为安安好，晚回来两天就晚回来吧，只要我和安安能准时回加拿大就行。

我就跟周阿姨说：“那你们就晚两天回来，星期六我到车站接你们。你一定要买卧铺，回来后我把钱给你。”

“不用，我回来办自己的事儿，不要你的钱。”

“别客气，你一定要坐卧铺。”

“嗯嗯。”

周阿姨抱着根宝回到家跟周荣军和高海英说：“安安妈同意晚两天回去，我星期六要到北京，她不让我再拖了，她只有两个星期的假。你们赶紧想办法去找个三个多月的孩子来。”

“上哪儿去找啊？”周荣军说。

周阿姨说：“咱们多给钱……”

“咱们哪儿有钱啊？”

“把那个叫王民民孩子的钱给要回来，她要不给，咱们找他们队长！”

“谁都不能找，买卖孩子是违法的。”

“那我去要，她要不给我就不走！”

“妈，咱先吃饭，吃完饭咱们慢慢商量。我和荣军今天跑了一天还没吃东西呢。”高海英说着把根宝从周阿姨手里接了过来。

周阿姨看大妞二妞都已经坐在桌旁吃上了，也坐了下来，可还忍不住说：“就知道吃，我都快急死了。”

已经坐下的周荣军不干了，把筷子“啪”往桌上一放：“妈，说话要讲良心，我和海英这两天为这孩子是怎么忙的，你也不是没看见。”

周阿姨知道自己理亏，可当时的国内农村还是婆婆为大，做媳妇的什么都得听婆婆的，当儿子的只能帮自己妈说话，帮媳妇说话那就是大逆不道。所以周阿姨也把筷子“啪”放桌子上说：“我这么大岁数还出去给人家帮佣，还不都是为了你们！”

高海英还是比较明事理，她赶紧说：“妈，是我们不对，要不我现在陪你去把钱要回来？”

“要什么要，她不会给的。”周荣军说。

高海英给他使眼色让他别说了。

大妞也懂事儿，用筷子夹了菜送到周阿姨嘴边：“奶奶别哭，吃菜。”

一家人总算踏踏实实把晚饭给吃了，商量好第二天早上高海英带着周阿姨先去找钱嫂，无论如何让她帮忙再找个孩子。然后她们再去小邵婆婆家要钱。

第二天早上，高海英骑车带着周阿姨去了她娘家在的村，周荣军在家带三个孩子。周阿姨本来还要到商店去买点礼物带给高海英父母，高海英说：“以后吧，今天咱们就先找钱嫂，再去王民民家要钱，不回我妈家了。”

见到钱嫂，周阿姨求道：“钱多点没关系，大点也没关系，只要是男孩就行。”

钱嫂指着高海英说：“昨天我都跟他们说了，没有，我打听了。”

周阿姨攥着钱嫂的手说：“求求你了，求求你了，这孩子是去享福，上北京到外国……”

钱嫂只好说：“那我再看看。”

周阿姨掏出五块钱塞给钱嫂：“那就麻烦你了。”

到了小邵婆婆家，没人。高海英和周阿姨就在门口等着。

等了一会儿，高海英就跟周阿姨说：“妈，要不咱们上别的地方等着，小邵的婆婆要看见咱们在这儿，知道咱们是来要钱的，她就不回来了。咱中午再来，中午她得回家吃饭。”

周阿姨想想也对，高海英就骑车带着她走了。

中午，等她们再去的时候，小邵婆婆还真回来了。她看见高海英和周阿姨进来就说：“要钱没有，要孩子有。”

周阿姨就说：“人家让我帮忙找个男孩，我不能拿个病孩子给人家，咱们都这么大岁数了，不能干这种事儿。”

“民民是到你们家才病的，找不着我们。”小邵婆婆说。

周阿姨掏出准备好的医院证明：“这都有医生证明，这孩子出生就是脑瘫，咱不能昧着良心说话吧。”

“证明还不好开，我马上就能给你开张民民出生没有脑瘫的证明。”

周阿姨扭头看见旁边有把椅子就坐下了：“你什么时候给钱我什么时候走。”

小邵婆婆冷笑一声：“你愿意待这儿就待这儿，我不管水不管饭，看你能待几天！”

高海英就说："是我们不对，带孩子的时候没仔细看，你少退点钱也行……"

周阿姨说："一分都不能少，这要在北京，你们还得赔我们精神损失费呢。"

"想得美，"小邵婆婆说，"我还赔你一栋房呢，坐够了没？坐够了我要扫地了。"她边说边用笤帚赶周阿姨出去，周阿姨就推她。

"你怎么动手啊？"小邵婆婆边说边推周阿姨。

高海英正要上去劝架，小邵抱着民民跟在她老公后面进了门。

"谁呀这是？"小邵老公一看有人要欺负他妈，赶紧过去要帮忙，小邵把他给拉住了。

小邵劝周阿姨和高海英先走，周阿姨不走："不还钱，我不走！"

小邵老公拿着笤帚轰她们："走走走走，再不走我找人把你们抬出去。"

高海英看这架势拉着周阿姨就往外走："妈，咱明天再来要！"

周阿姨不走："不走，有本事让他找人抬咱们！"

"再不走，她儿子就要动手了。"

"我不怕，他打死我才好呢，他得偿命。"

"走吧！"高海英还是坚持把周阿姨拉到门外，周阿姨不干，坚持要回去，两人正撕扯着，小邵出来了，什么都没说，往周阿姨手上塞了一把钱就走了。周阿姨数了数钱是对的，一分不少。

钱是要回来了，周阿姨又催她儿子周荣军去找钱嫂，说星期五必须带着孩子坐长途汽车到火车站。钱嫂被催得没办法，星期三下午还真就抱着个孩子来了。周阿姨看着孩子挺高兴，长得眉清目秀，跟安安一样也是三个多月，一检查，完了，是女孩。

钱嫂说：“这么好的孩子人见人爱，过了这村就没这店了。”

周阿姨说：“人家要的是男孩。”

“现在男孩女孩都一样，尤其是在城里。你听我的没错，人家一看见就喜欢。”

周阿姨也没法儿跟她解释，她把人家男孩弄丢了，肯定不能拿女孩顶替啊。

星期三一晚上周阿姨都睁着眼睛，没法儿睡觉啊，第二天就星期四了，星期五必须走。再拖，安安妈妈就飞过来了，什么也瞒不住了。想啊想啊，到底从哪儿去弄个男孩来？天快亮了，她忽然眼前一亮，根宝！他跟安安差不多大，小一个月的样子。

她赶紧坐起来，开开门看儿子他们还没起来，她就坐在床边等，等啊等啊，儿子那屋还是没动静。她开始大声咳嗽，搬凳子，又到厨房刷锅，总之弄出很大动静，儿子他们还是没醒。她只好往脸盆里倒了点热水，放到地上，端个小板凳坐到脸盆旁边，慢慢地擦着脸，想着要是安安妈妈说长得不像安安怎么办？她送安安回国的时候，安安才一个多月，现在快四个月了，她不一定能看出像不像。安安姥姥姥爷，六十多岁了，老花眼，真能看出俩孩子长得不一样？这时，她听见儿子屋的门“吱扭”响了一声，她赶紧站起来探着脖子往外一看，儿子起来了。她朝儿子招手，小声喊着：“荣军你过来，荣军你过来！”

“妈，什么事儿啊？”

“我终于想明白了。”

“你同意报警了？”

“报什么警啊？”

“你明天就得走，不报警这孩子怎么办啊？”

“你进来，”周阿姨把周荣军拉进她的屋子，然后说，“我有办法了……”

“什么办法儿？”

“你说北京好不好？”

“好，那当然好。”

“你想住北京吗？”

“我当然想了，可我住不了。”

“那咱们让根宝住，你说好不好？”

“那当然好，你什么意思？”

“我把根宝带北京去……”

“你想把根宝当安安还给他们？”

周阿姨使劲儿点头：“是啊。”

“不行，我就这么一个儿子，我不干。”

“到北京享福去有什么不好，又是我带？”

“安安妈妈不是要把他带加拿大去吗？那我不是就见不着我儿子了吗，不行，肯定不行！”周荣军说完就要走。

周阿姨说：“我跟他们说我能带，不让她带回加拿大不就行了。”

“带不带，根宝都是他们的儿子了，我不干。”

“你听我说，我回北京还让人帮助打听安安，有阿姨认识那叫冯双青的，安安找到了，就把根宝还给你，就当他跟我上北京玩一趟，也算你帮我一把。”

“那要找不到安安呢？”

“反正我一直在他们家干，等根宝大点儿，我就告诉他我是他亲奶奶……"

"妈妈，我就这一个儿子，要是两个你带走一个也行……"

"儿子，我但凡有点办法也不会想到根宝，带他又不是去受苦，是去享福！"

周阿姨没注意，高海英已经站门口听了半天了："妈，什么事儿都好说，根宝不能带走！"

"没你说话的份儿！"周荣军骂了高海英一句。

周阿姨知道儿子嘴上骂高海英，心里跟她是一头儿的，不会让自己带走根宝。她不知道该怎么办，只能骂："都是一群白眼狼，用钱的时候想起你，真要用他们的时候谁都帮不上忙。"

听周阿姨这么哭，周荣军也不知道该怎么办就骂高海英："还不快滚，在这儿站着干什么？"

大妞二妞刚起来看爸爸骂妈妈吓哭了，弄得周荣军更烦了："滚，都给我滚！"

高海英不说话，抱着根宝拉着大妞二妞就出门了。

"你上哪儿去？"周荣军问。

高海英不理他。

周荣军追了出去，看着高海英带着孩子朝她娘家村走了。他只好回家，推了自行车出门，跟周阿姨说："海英要回娘家，我送他们过去。"

一路上，高海英抱着根宝坐在自行车的后座，大妞二妞坐在前梁上，周荣军带着他们，都不说话。可是，周荣军心里踏实了，儿子根宝不会去北京了。高海英也明白，周荣军高兴她把孩子都带走了，他和她一样，坚决不同意他妈把根宝带走。

周阿姨眼巴巴地看着儿子一家走了，明天她得回北京了，她怎么跟安安妈妈说？对不起，安安丢了，被那个冯双青给偷了……

她这辈子都没干过这么丢脸的事儿。她仰面躺在床上，想啊想啊，往哪儿走都没路。她起来，烧了一大锅热水，好好洗了个澡，换了身新衣服，她周阿姨一辈子做人清清白白，死也要死得干干净净。她把身上所有的钱都拿出来摆到桌子上，然后找来一根绳子搭到她屋子的房梁上，她把脖子放进绳子套里的时候还说："安安，我对不起你。"说完，她把凳子一踢……

第九章

瞒天过海

09 -

chapter

偏偏这时候周荣军回来了，怕周阿姨不高兴，进门先到周阿姨屋子里说：“妈，我回来了。”一眼看见吊起来的周阿姨，马上把她解下来。

第二天，周荣军送周阿姨和根宝上了火车站。周阿姨对他说：“过几天我就带他回来，放心吧！”

星期五，收到周荣军发来的电报，告诉我们周阿姨明天即星期六到北京。我拿着电报搂着爸妈又亲又跳。

爸爸也高兴：“我说没事儿吧，你们就是

神经过敏！”

就是神经过敏。我不管看见什么，看见谁都想笑，腮帮子都笑酸了，变神经了！

下午三点收到的电报，是加拿大的凌晨，管它呢，我等不了了，马上就给伟打电话。

伟抓起电话就问：“安安出事儿了？”

“没有！干吗出事儿啊？”

“那你为什么打电话？”

“明天安安和周阿姨就到北京了。”

“什么？”他好像还在梦中。

“明天安安和周阿姨就到北京了。”

“不是原来就说明天到北京吗？”

真木，他们还说星期三就到北京，不是也没到嘛。

我兴奋的火苗燃烧得正旺呢，得找个人同乐。我全方位的在脑子里搜索，谁现在能跟我一起疯？我想到郑小芹，对不起才想到，那天把她和一桌子好吃的扔那儿就再没和她联系过。她太懂我了，知道我不跟她联系就是有事儿。

我打电话给她：“我儿子明天就回来了！”

“太好了！”她跟着激动。

“咱还去吃北京小吃，我请客。”

“咱们能吃点别的吗，那天那桌我打包回家，到现在还没吃完呢。”

“那咱们去吃炸酱面？”

“好啊好啊，我接你去！”

我们俩吃完炸酱面，撑得都动不了了。又叫了几个小学同学去唱卡拉OK。大家兴奋地吼着，我却靠着沙发睡着了，幸福地、踏实地、甜蜜地睡着了。这两天，对安安的各种担心，让回国没时差的我日夜不寐。

火车上，周阿姨开始管根宝叫“安安”，根宝看着她吃着手指咧嘴笑着。他们坐的是硬卧，对面卧铺的是一个七十多岁的老太太，她看根宝笑觉着喜庆就问周阿姨：“是你孙子？”

“是。”

“几个月了？”

“三个多月。”

“家是北京的？”

“不，不是。”周阿姨有点慌了，不知该怎么说，可不解释清楚，一会儿安安妈妈来接站，老太太再搭话，以为安安妈妈是她儿媳妇就麻烦了。所以周阿姨只好说：“说是孙子也是也不是，是帮别人带的孩子。”

“噢，那这孩子是怎么个茬啊，是北京的还是咱这小地方的？”老太太闲得没事儿，好奇心害死猫。

“北京的。”周阿姨很骄傲地说。

“那干吗来咱这小地方啊，谁在这儿啊？”

周阿姨发现自己说多了，只好敷衍：“没有谁，就是来玩玩。”

“玩什么啊这么小？”

周阿姨实在没词了只能假装没听见，摇着怀里的根宝：“一会儿就能看见妈妈了，一会儿就能看见妈妈了。”说着说着心里就开始抽动起来，走的时候高海英迟迟不愿意撒手根宝的样子在她眼前晃动着。儿子把他们送上火车，一直嘱咐她，“妈妈，你千万不能让根宝去加拿大，那我们一辈子都见不到他了。”又在她耳边响起。她仔细端详着根宝，眉眼像儿子，脸形像高海英，她嘴里喃喃地嘟囔着：“奶奶不让你走，奶奶不让你走，咱们不去加拿大。”

快到北京的时候，周阿姨看看怀里穿着安安衣服的根宝，紧张得身体微微发抖，她不断地叫着安安、安安。

坐对面的老太太又发话了：“他到底叫什么啊？你一会儿叫他安安，一会儿又叫他根宝？他爸妈没离婚吧？现在这年轻人怀着孕就敢离婚，甭说生了孩子了，想什么时候离就什么时候离，根本就不为孩子着想。”

周阿姨说了俩字“没离”就开始收拾东西准备下火车了。她不敢再跟老太太说话了。北京是终点站，安安妈妈可以上车来接他们，帮着抱孩子。但是周阿姨可不敢让她上火车见这位老太太，老太太要是问她“你孩子怎么俩名啊”，那就全完了，安安妈妈那聪明劲儿，从这一句问话上，她没准儿就能发现这根本就不是她儿子。

不，千万不能让老太太看见安安妈妈。

周阿姨抱着根宝，提着行李早早地就站在车厢门口等着。她觉着时间过得真慢，她生怕老太太也提前过来。可她又觉得时间过得太快，她一千次一万次地看着根宝的小脸，像还是不像安安？一会儿她觉得像，怎么看怎么像，她的心就会放松一点；一会儿她又觉得不像，怎么看怎么都觉得不像，她的心就会跟敲鼓一样，“咚咚咚”地响着，响得她腿发软，站都站不住。

周阿姨抱着安安刚从火车上下来，我和爸妈一下就涌了上去。周阿姨腿一软差点摔地上，我一把扶住她，我妈抢着就把安安接了过去。

“安安，安安，还认识姥姥吗？”我妈妈问根宝。

根宝“哇”的一声就哭了，扭头找周阿姨。

“怎么安安变样儿了？”我妈说。

“得病得的，瘦了。是我不好，我就不应该带他回去，我们那儿条件是比以前好很多，可还是没办法跟北京比。”周阿姨接过根宝一通解释，其实是想转移大家对“安安变样儿”的注意力。

我要抱根宝：“安安，让妈妈抱抱……”

根宝看着我小嘴一撇一撇地要哭。

周阿姨赶忙说：“这是妈妈，这孩子刚走几天就不认人了，都是得病得的。”

“不是没发烧嘛，怎么这样？”我问，端详着根宝的小脸。

“孩子小呗，都怪我都怪我。”周阿姨说。

“不认识她没关系，”我妈妈指着我说，“你都快三个月没见他了，不应该不认识我啊？”

“过几天就好了。刚回去也跟我儿子儿媳妇认生，后来就好了。”周阿姨说。

“你孙子是不是跟他差不多大？”我问她。

周阿姨脸色一下就变了：“小，小点儿，差不多小一个月。”

她看我爸一直没说话，就逗着根宝：“根，安安，叫爷爷！这才回去几天，长得就像我们农村人了，是不是爷爷？”周阿姨怕我爸看出什么，解释着。

“快走吧！”我爸看站台上的人快走光了，赶紧催着我们。我爸喜欢画画，退休后还参加了什么素描班，他确实觉得这孩子跟安安不大像，一直在琢磨是怎么回事儿。

回到家，根宝就黏着周阿姨，谁抱都哭。我本来想带他睡觉，他躺我旁边就一直哭，哭得嗓子都哑了。周阿姨急得在我门口转圈，也不敢进来劝。我爸妈实在受不了，跑到我房间来跟我说："让他今晚跟周阿姨睡吧，明天再说，别哭出毛病来。"

"他跟我这么生，我怎么带他回加拿大啊？"

"白天多抱抱就好了。"我妈说。

"我怎么觉得他不像我儿子啊？"

"是不是得病得的，我看着也不像。"爸爸说。

"周阿姨不会带他到医院看病抱错孩子了吧？"

"他们没去医院。"妈妈说，"我也觉得不像，而且比走的时候小？"

"那就是瘦的，得病得的。"爸爸好像终于释怀，"不是安安能是谁？"

也是，不是安安能是谁？我们怎么能想到换孩子这档事。

根宝跟着周阿姨一会儿就睡着了。周阿姨看着根宝亲了两下，又从枕头底下拿出安安的照片，看着看着眼泪就忍不住地淌了下来："安安，奶奶对不起你……"

周阿姨怕把根宝抱出去让别的阿姨认出来不是安安，所以早上一起来就跟我说："先别带安安出去，生病刚好，得休息两天，北京跟我们那儿水土也不一样。"

我同意，我也怕回加拿大前他再生病。不过我心里还是闪了一下，她既然知道水土不一样这回事儿，为什么还要带我儿子回她老家呢？

昨天晚上和今天早上我都给伟打电话详细向他汇报有关安安的所有细节，虽然那时候国际电话费是相当贵。

在电话里我告诉伟，我们都觉得这孩子不像安安。老公嘲笑我想象力失控，让我改行写科幻小说。

“不是光我觉得，妈妈爸爸都觉得不像。”我申辩着。

“怎么个不像法儿？”伟问。

“又小又瘦，安安原来长得比同龄的孩子大，三个多月看着像半岁的……”

“脸呢？”

“脸也不像。”

“那你没问周阿姨？”

“问了，她说是得病得的。”

伟在电话那头沉默了一会儿说：“别瞎想了，他要不是安安，会是谁？”

也是。他要不是安安，会是谁？就是有人想换，周阿姨也不会同意，她回来怎么跟我们交代？

说服了自己，心里就踏实了。要赶紧跟儿子熟识起来，到时候他不跟我走老哭就麻烦了。白天，我时刻都跟儿子黏在一起，终于我给他喂奶他不哭了，终于我可以陪他睡觉了，终于他可以对着我笑了，好激动。

说好了，今天下午我带安安，郑小芹带着她女儿小娟，我们到中山公园碰面。我们先到，我用小车推着安安在大门口等着郑小芹她们。一会儿就看见她牵着她家小娟急匆匆地往门口走过来。

“这儿呢。”我扬起右臂跟她打招呼。

她一过来就蹲我儿子跟前：“安安，安安，叫阿姨！”

“哟，你家小娟好漂亮，像谁呀？”我说。

“像我啊。”小芹把安安从车里抱了起来，安安还不错，没哭，只是一脸的惊恐状。

“得了吧，你没人家好看，取你们俩优点了？”

“可能吧。你们家安安像谁啊，像你老公吗，反正不像你。”小芹说。

“男孩像爸爸吧。”

“可我觉得也不像他啊。”

“那可能取我们俩缺点了。”

我拉着小娟，小芹推着安安，我们说说笑笑往公园里走去。可我的心有点沉，安安刚出生的时候，谁都说像我，也像伟，怎么现在倒谁都不像了？小孩是越长越不像父母，不会吧？

我带安安去中山公园的时候，周阿姨就借这个机会跑到冯双青原来住的地方去找她。还是那小老太太开的门：“找谁呀？”她开始没认出周阿姨。

“冯双青在吗？”

“不在，搬走了。”

“后来没回来过？”

老太太摇头：“没有，你不是来找过她吗，还要了她老家地址，没找到她？”

“没有。”

“她借你钱没还？”

“也不是，您说怎么才能找到她？”

“那我可不知道，你可以问问新住这儿的一姓曹的阿姨，跟冯双青一样也是做小时工的，现在在家呢。”

周阿姨赶紧进去敲了敲原来冯双青住的那间房间的门，曹阿姨打开门问：“谁呀？”周阿姨一看面熟，想不起在哪儿见过。曹阿姨记性好点儿：“我见过你，前些日子，你找你们家孩子，我告诉你我看见住这儿的一阿姨叫冯双青的抱着一孩子……”

“对对对，”周阿姨想起来了，“你搬她这儿了？”

曹阿姨点点头又问：“你后来找到她了吗？”

“没有。”周阿姨摇摇头。

“那孩子找到了？”

周阿姨点点头。

“你找我？”

“我想跟你打听冯双青。”周阿姨说。

“你认识她？”

周阿姨点头。

“你认识她，怎么还跟我打听她？”

“不，不认识。”

“不认识你找她干什么，小孩不是都找到了吗？”

“嗯，”周阿姨不知道该说什么，“有，有点事儿想问问她。”

“后来你家孩子是从哪儿找到的？”

“别的阿姨抱去玩了。”

“我还真看见那姓冯的抱你们家孩子了……”

“你要知道她现在在哪儿告诉我一声，我就住那栋楼，”周阿姨用手往我们家指了指，然后掏出一纸条递给曹阿姨，“这是我家地址电话，主人家姓肖，我姓周，叫我周阿姨就行。千万别跟我主家说，告诉我就行。”

这家的主人，就是刚才给周阿姨开门的小老太太一直在听她们说话，她什么都没说，看着周阿姨走了。

周阿姨回去的时候，正巧碰见一堆阿姨带着小孩在大柳树底下聊天呢。

“回来了？”有个阿姨问周阿姨。

周阿姨点点头：“回来了。”

“怎么没看见安安呢？”另一个阿姨问。

“他妈妈带他出去玩了。”

“他妈妈不是在加拿大吗，回来了？”

周阿姨点点头，额头上开始冒汗。

“什么事儿你那么急着回去，还把他们家孩子也给带走了？”一挺胖的阿姨问。

还没等周阿姨说话，又一个阿姨问：“不是孩子丢了吗，怎么找到的？”

周阿姨犯难了，她没办法再跟这些阿姨打听安安的下落了，她没办法跟她们解释。她要说安安丢了，她们会问，那现在那个安安是谁。她不能告诉她们，那是她孙子根宝。她只能说安安找到了，既然找到了，她就不能再向她们打听安安的下落了。

在老家，她信誓旦旦地跟儿子保证找到安安后就把根宝还给他们的时候，她没有想到这个。

周阿姨回到家，看我爸爸妈妈出去遛弯儿还没回来，我带着安安即她的宝贝孙子根宝还在中山公园玩呢。她就跑到自己房间关上门，拿出放针线的笸箩，又翻出布头棉花什么的，缝出个小人儿，是女的，有三寸那么高。她拿出几根小针扎在这个小布人的胸前，边扎边说："让你偷我们家安安，让你偷我们家安安，扎死你！"

我们吃晚饭的时候，周阿姨的儿子周荣军打电话过来。那时候没手机，家里一般都没电话。对大多数人来说，最常用最基本的通信方式就是写信，尤其是生活在农村的人。所以当我接电话，听周荣军要找周阿姨时我挺吃惊，不知道他家出什么大事儿了。

周荣军在电话里第一句话就问周阿姨："找到安安了吗？"

"没。"周阿姨说。

"你可不能让安安妈妈把根宝带走，这两天高海英一直在跟我闹，要上北京找根宝去。"

"别来！"

"根宝什么时候能回来？"

"找到安安就回来。"

"那你快点找啊。"

"嗯，你别急……"

"不管怎么说，你都不能让她把根宝带走！"

"嗯。"

周阿姨放下电话回到饭桌，妈妈马上问她："家里出什么事儿了？"

"没事儿。"周阿姨坐下默默地吃着饭。

"有事儿就跟我们说，别憋着。"爸爸也劝她。

周阿姨笑着点点头，看看放在我和她中间小车上躺着的安安，她的根宝，愣憋着没让眼泪流下来。

晚上，安安躺在我旁边睡着了，爸爸妈妈好像也睡了，家里挺安静，我躺在床上正在看书。有人敲我卧室的门：“请进！”我坐了起来，周阿姨走了进来：“我有点事儿想跟你说……”

“嗯，你说吧。”我想到晚饭时她儿子打来的电话，“你坐那儿。”我指着床旁边的椅子说。

周阿姨看了看睡得挺香的安安，叹了口气坐了下来：“这小子，刚回来几天都胖了。”

“是。什么事儿啊？”

“是这样，你工作挺忙，我跟安安也有感情了，我愿意帮你带安安，你们也不用多给我钱，我不要，安安没来以前是多少就给多少，我在你们家干了这么多年，图的就是合得来，你爸爸妈妈也都是好人，你也是好人，我愿意帮你们。”周阿姨绞着双手跟我说。

还没等我说话，她又说：“这次是我不对，没跟你们说就把安安带走，下次肯定不会这样了。你跟你爸爸妈妈说，这月的工钱就别给我了。”

第十章

他给安安送行

10 -

chapter

周阿姨不想让我把安安带走，我当时就拒绝了，我告诉她："我爸妈年纪大了，我不想让他们跟着操心。我哥哥又在香港，你专心照顾好我父母就行了。"

"是我不对，我能改，你别不相信我。"周阿姨坚持。

"谢谢你这么喜欢安安。"我说。

周阿姨哭了，怕吵醒安安，她低声抽泣，抹着眼泪："我就是舍不得他。"

我有些感动就说："明年，我带他回来看你。"

周阿姨看着我，一脸的绝望。

周阿姨回到她自己屋，拿出安安的照片就哭，嘴里念叨："菩萨保佑我们安安，保佑我们根宝，别让根宝走，我们周家就这么一条根……"

第二天早上起来，我给伟打电话，告诉他周阿姨想让安安留下，不要工资也愿意帮咱们带，问他的意思。

伟问我："你愿意吗？"

"不，我不会再跟儿子分开了。"那几天揪心扯肺的惦念，我绝对不想再经历一次了。

"咱们的儿子还是咱们自己带吧。"伟说。

我爸妈在饭桌上听见了我在电话上跟伟说的话。等我回到饭桌上，我爸就说："既然周阿姨愿意帮你带，你就把安安留下吧，趁年轻的时候，多在事业上下点功夫。"

我妈拉着躺在小车里安安的手："安安，愿意跟姥姥在北京吗？北京好啊，有好玩的，有好吃的，还没加拿大那么冷……"

爸妈外加周阿姨轮番劝我，周阿姨又哭了。我只好实话实说，那边保姆已经找好了，我带安安回去试试，不行再送回来。

早饭后周阿姨跑到邮局给她儿子发了个电报："肖璐一定要带根宝走，没办法。"下午，周荣军就打来电话。那时候长途电话费很贵，一般人承受不起，更何况像周荣军这样的农民。可为了儿子根宝，他是豁出去了。他先跟周阿姨说，周阿姨除了哭就是不断重复："我也没办法啊，我也没办法啊……"

家里的电话放在客厅的一张小桌上，我坐在客厅的沙发上逗着安安，他躺在小车里"咯咯"地笑着。听着周阿姨一直在说"我也没办法啊，我也没办法啊”，我还在想，他们家出什么事了，干吗让周阿姨想办法。正想着，周阿姨跟我说：“安安妈妈，我儿子想跟你说几句话……”

“你儿子？”我纳闷她儿子为什么要跟我说话。

我走过去接电话：“哎，我是肖璐。”

“姐，”周荣军上来就叫我姐，我不是太习惯别人跟我这么亲密，当时脑子还闪了一下，他是不是有什么事儿要跟我借钱啊。

“姐，”他接着说，“能求你点事儿吗？”

“行，你说吧。”我想自己还真猜对了，就是借钱。

可他说的是：“我妈跟根宝，不是，跟安安有感情了，她愿意帮你带安安，不要钱，我不想让她太伤心，你能不能让根、安安留下，等他大点儿了，你再自己带行吗？”

“谁是根宝啊？”我问。

“我儿子。”周荣军声音有点哽咽，“我，我说错了，我妈跟安安有感情了，回趟老家还带着他，交给谁她都不放心。”

“我知道她心疼安安，不过她年纪也大了，照顾小孩挺累人的，还是专心照顾我父母吧。”

“安安要走，她挺难受老是哭，我担心她把身体哭坏了，你还是把安安留下吧。”

周荣军说得挺真诚，我不想一直拒绝他，只好转移话题：“听说你儿子跟我们家安安差不多大？”

“小一点儿。”他说。

“谁带呢？”

“我老婆，我们农村人都是自己带孩子，虽然我们条件不如你们北京，还是愿意自己带。”

“对啊，我也愿意孩子跟着我。”我说。

“你忙，就让我妈帮你带，我们又不要你的钱！”他有点着急了。

我说：“不是钱的事儿，是我想安安，我不想再和他分开了。”

“那我妈要病了怎么办？”周荣军说。

“过几天就适应了。”我说。

周阿姨一直站在客厅里抱着安安，就是她那宝贝孙子根宝听着我跟她儿子讲电话。听着听着，知道我不会把安安留下，就紧紧搂着安安哭了。

午饭的时候，周阿姨也不吃饭，抱着安安坐在她自己床上哭。我爸妈都劝她，肖璐愿意自己带就让她带吧，带几天她就知道麻烦了，到时候她给送回来，你再帮着带。

“她要不送回来怎么办？”周阿姨问。

“那你不就省事儿了。”我妈笑着说。

周阿姨凑到我跟前问：“你肯定回来吗？”

“明年我保证带他回来看你们。”我说。

晚饭后，趁着周阿姨在厨房洗碗，我抱着安安小声跟在客厅看电视的我爸妈说：“今天周阿姨儿子还来电话，让我别把安安带走，周阿姨跟安安感情还挺深的，今天为安安一直在哭。要是护照好办，我真想把周阿姨带加拿大去。”

“不正常！”我妈说。

我一愣：“为什么？”

“你妈就是神经质，有什么不正常？普通劳动人民就是重感情嘛。”我爸说。

“我就是觉得不正常，安安是我女儿的孩子，她想带走我们都管不了，周阿姨的儿子更管不着了。”我妈坚持。

“他说怕他妈妈想安安再生病了。”

“那就更说不通了，再有感情也不应该干涉我们家的事儿吧？”

“你这个人呀，人家这是干涉吗？人家这是有感情。”我爸说。

我妈生气了：“你甭管我，我就是觉得现在的安安跟咱们安安长得不像，现在周阿姨又死活不让肖璐带他走，我就想不明白是怎么回事。”

“越说越远了，你说不是安安是谁？肖璐又不是什么大富翁，谁会偷安安？谁愿意拿自己的孩子换安安？”

妈妈不说话了。

“妈妈，你真觉得这孩子不像安安？”

“没，没……”妈妈又不说了。

爸爸说：“大人一瘦还脱形呢，安安才多大，你妈说不像是对的。在火车站，我第一眼看也觉得不对，就是生病生的。”

我相信爸爸的解释。

我后来又给老公打电话跟他说了周阿姨和她儿子的事儿，他也说农村人就是实诚，重感情。

没想到的是，我要走的前一天，周阿姨的儿子周荣军突然来了。他是下午时候到的，安安正在我的房间睡午觉，我躺在他旁边看书。我听见有人敲门，知道爸妈和周阿姨都在午休，我就起来去开门，心里还想谁大中午的还往人家跑。

打开门，一个三十多岁的男人站在我面前上来就问：“我妈在吗？”

“你妈？”

“就是你们家周阿姨。”

“你谁呀？”

“我是她儿子，周荣军。”

“周荣军？”我问。

“周阿姨的儿子。”

“进来！进来！”我赶紧打开门让他进来，“周阿姨睡觉呢，你先到客厅坐会儿。”

我让他在客厅坐下，然后给他倒水：“你来北京办事儿？”

他捧着水杯喝了口水：“不是办事儿，是看人。”

我在他对面的沙发坐下：“看人？”

“看安安。”

“看安安？”我有点吃惊，“看我儿子？”

“噢，你就是肖璐？”他放下水杯，慌忙站了起来。

这时周阿姨已经起来，从她屋里出来一眼看见周荣军就慌了：“你怎么来了？”

周荣军叫了声“妈，”然后说，“想安安，就来了。”

“哦，哦。”周阿姨“哦”了几声不知说什么好。

周荣军转过头跟我说：“安安在我们家待了几天，跟我们有感情了，听说他要走，过来看看他。要不是家里还有大妞二妞，我老婆也想过来……”

“怎么才大妞二妞，你们不是还有个男孩吗？跟安安差不多大？”

“是，是有。”周荣军说，“安安呢？”

“睡觉呢。”我说。

“我能看看他吗？”

“等他醒了吧。”

“你好几个月没见他，他认你吗？”

“开始不认，现在跟我挺好。”

周荣军脸上马上呈现出不加掩饰的不快。

我就不明白了，我儿子肯定得跟我亲啊，我爱他呀，顿顿给他喂奶，带他睡觉，跟他玩，他肯定会跟我亲的，这有什么问题吗？在他们家才待几天啊，他们怎么就那么喜欢我们家安安呢。

这时，周阿姨跟周荣军说：“你到我屋里来，我有话问你。”

周荣军跟着周阿姨进了她的屋子，周阿姨还把门给关上。

低声吵架，我竖着耳朵也没听清他们在说什么。到底是什么事儿，还跑到北京来吵？

周阿姨和他儿子周荣军是在吵关于安安，也就是他们家根宝的事儿。周荣军坚持：“她不能把根宝带走！”

“她说了，她要带不了还给带回来。”

“她要能带呢，那我不就没儿子了吗？”

“她带不了，孩子这么小，她还要上班，带几天她就知道了。”

“你不是说回北京就找他们家安安吗？”

“找了，都不知道冯双青在哪儿。”

“那就赶紧报警，让警察帮着找，我就抱根宝回去了。”

“你敢报警，我就敢死在你面前！”

“妈，你怎么那么不明白！报了警，他们家能把安安找回来，我也能把根宝抱回家。”

“北京这么大，怎么找？找来找去，最后还是找到我头上，我把安安丢了，我丢不起这脸！”

“高海英说了，我这次要不把根宝抱回去，她就跟我离婚。”

“你们懂不懂道理，丢了东西要赔人家的。你跟人家借了十块钱，你丢了，你也得还人家十块啊。”

“这不是钱，这是我儿子。我要跟肖璐说清楚，她不能带根宝走，根宝是我儿子。”

“你敢！”周阿姨说着从针线盒里拿出一把剪子朝自己胸口比画着，“你要跟他们说，我就把剪子插我胸口上。”

“我现在就跟他们说去！”周荣军猛地打开门冲了出来，正看见我抱着刚睡醒的安安从我房间出来，他的脸立刻变得柔和了：“让我看看。”他伸手想抱安安即他的根宝，但是安安即他的根宝“哇”的一声就哭了。

周荣军一脸尴尬，手足无措，不知道该怎么办。

“不哭，不哭。”我哄着安安，“你还在叔叔家住过，怎么不认识了？”

“别吓着孩子！”周阿姨把周荣军又拽回她房间。

我爸妈也觉得不可思议，安安在周荣军家才待了几天，他居然坐火车跑这儿来看他？这行为用农民的“朴实”“实诚”都解释不通。

我和爸妈推着安安出去遛弯儿。

爸爸说：“是不是他儿子出什么事儿了，所以特稀罕咱们安安？”

“要出这么大事儿，周阿姨肯定会跟咱们说的。”妈妈说。

“周阿姨那么着急回老家，是不是就是她孙子有什么事儿？”爸爸这么一说，我和妈妈都觉得有理。

“还真有这可能。”我说。

路上碰上一个带小孩的阿姨，弯腰看了看躺在车里的安安还说：“安安回来了？”

“回来几天了。”我妈说。

“后来在哪儿找到的？”那阿姨问。

“什么在哪儿找到的？”我妈不解地看着她。

我也问：“怎么回事儿？”

那阿姨看了看我们赶紧说：“我弄错孩子了，不是你们安安。”说完急忙走了。

我和爸妈都没多想。

等我们遛弯儿回来刚进门，周荣军就要抱躺在车里的安安，可安安一见他就哭。

妈妈说：“小孩认生，一会儿就好了。你儿子挺好啊？”

周荣军点点头。

我妈看了我一眼试探地问他：“有相片吗，让我们看看？”

周荣军从口袋里拿出一个挺旧的钱夹子，打开，在里面掏着什么。我就不明白了，好像他儿子也没什么事儿，这不都要给我们看相片了，那为什么那么稀罕我们安安呢？正想着，就听周荣军说：“就照过一张相，还没带着。”

这时我爸在客厅里叫周荣军：“来来，到这儿坐坐。农村现在生活挺好吧？”

周荣军推着安安坐到沙发上。

“你们那儿出来打工的人多吗？”爸爸问他。

他好像没听见，趴在安安的小车边上，两眼盯着躺在车里的安安，安安撇了撇嘴“哇”的一声又哭了，我赶紧过去把他抱了起来。

周荣军这才扭过头问爸爸：“您说什么？”

晚上，安安睡了以后，我开始收拾行李。要带的东西不是太多，主要是我还有爸妈给安安买的小衣服。我自己这次吃的穿的什么都没买，带着安安再加上他的小车，必须轻装上阵。刚才已经跟老公通了话，因为周阿姨和她儿子都在，关于周荣军种种的不可理喻和对安安那种欲说还休的不舍，我都没机会跟老公说。回加拿大再说吧！

这时，有人轻轻敲门。

“进来！”我以为是周阿姨呢。

周荣军进来了：“姐，我有话跟你说。”

我有点不安，爸妈都睡了，他要跟我说什么呢。

“我妈出去倒垃圾了，”他说，“我有话跟你说。”

我更不安了：“咱们上客厅说去。”说着我就往屋外走。

“我能看看安安吗？”他盯着床上的安安问。

“你看吧！”我边说边往外靠了靠，给他腾出地方离安安近点。

他坐到安安旁边，用手去摸安安的脸。

“别把他弄醒了。”我小声说。

他又拿着安安的小手低头亲了一下，亲完，还攥着他的小手不放。

我觉得有点过了，只好说：“你不是有事要跟我说吗？”

他又亲了安安小手一下，才跟我来到客厅。

“是这样，”他很局促地说，“我不知道怎么说，安安就是根宝……”

“谁是根宝？”

“我儿子叫根宝。”

“根宝怎么了？”

“没怎么，就是安安是……”

“是什么？”

“就是我……”周荣军刚说到这儿，周阿姨开门进来，一眼看到我们俩站在客厅，上来就拽她儿子：“回屋去！回屋去！”

“周阿姨，我们说话呢。”

“你睡去吧，没什么好说的。”

“让他说完。”我说。

“没事儿，你睡去。”周阿姨跟我说，然后硬把她儿子拽回她屋里。

是不是周荣军想让我帮什么忙，周阿姨不让他求我？明天再问他。

早上我起来，周阿姨说周荣军已经走了。

“周阿姨，”我说，“你儿子有什么事儿吗？”

“没事儿，他能有什么事儿？”

爸爸也说：“怎么刚来就走，你让他多玩几天，好不容易来一趟？”

“农村活儿多，早点回去好。”

“他想跟我说什么，你为什么不让他说呢？”

“没事儿，不让他耽误你时间。”

周阿姨一定要到机场去送我们。我叫的出租车，我和安安，我爸妈，再加上周阿姨，坐得满满的。一路上，周阿姨一定要抱着安安，我就让她抱着。

到了机场，国际航班入口处，猜怎么着，周荣军在那儿站着呢。

周阿姨抱着安安，上前就揪他："谁让你来的？快走！"

"别走，别走！"妈妈拉着周荣军，"来都来了……"

周荣军木木的只是盯着安安看："我抱抱！"

"不行！"周阿姨不给他。

"姐，你有相机吗？能给我和安安照张相吗？"

"有，有。"我赶紧掏出相机，"周阿姨，你让他抱着安安吧。"

"不！"周阿姨紧紧抱着安安不松手，周荣军怎么也抱不过来。安安这次倒没哭，看看周荣军，又看看周阿姨。

"咔嚓"，我给他们三个拍了一张合影。

第十一章

找儿子

11 -

chapter

安安和周阿姨及周阿姨儿子周荣军的合影就定格在二十年前北京机场国际航班入口处。

二十年来，我们在加拿大过得安宁平静，直到这次安安骑摩托车出了车祸。

现在的我就想赶紧问周阿姨：“我儿子呢？”

周阿姨十几年前就已经回老家，不在我父母家干了，但她一直和我父母通信，索要安安的相片。我决定马上回国，到周阿姨老家去找她。

我订了机票，准备第二天就飞北京。

临走，我去医院看了安安。坐在他床边，我摸着他依旧苍白的脸，这是一张我熟悉的、看着它从稚嫩慢慢变得成熟的脸，是一张我亲着它长大的脸。可是现在我迷茫了，他到底是谁呀？

“妈妈，你为什么突然要回国了，姥姥姥爷有什么事儿吗？”安安问我。

我摇摇头：“没事儿，就是想回去了。爸爸不去，他在这儿陪你。”

我心里很乱，不知道该怎么面对安安。我以明天要回国为借口，匆匆地走了，不像以往那样，好好地亲他一下再跟他告别。他一定会想，妈妈怎么了？

我走到电梯那儿，按了下楼的键。当电梯到了，门徐徐打开的时候，我扭身走了。我又回到安安床前，像以往一样，低头亲了亲他的额头说：“我很快就回来，赶紧恢复。”我能感觉到他挺高兴。

第二天，伟和宁宁送我去机场。

路上宁宁问我：“妈妈，你说亲哥哥会是什么样的人？”

“不知道。”

“人的性格是由基因决定还是由环境决定？”

“都有影响吧。”

“你觉得哥哥是在上大学吗？”

“不知道。”

“他要很聪明的话，不管在什么样的家庭长大都会上大学的是不是？”

“应该吧，我智商这么高，他肯定特聪明。”我调侃道。

伟马上逗我：“刚知道你还有智商……”

“智商”这词让我们俩都停住了，想到同一个问题，真有智商，当初怎么会把别人的孩子当成自己的孩子抱回家？

宁宁没有觉察到我们的突然停顿，继续问我：“妈妈，咱们怎么跟安安哥哥说呢？”

“怎么说都会伤害他。”我深深地叹了口气。

“哥哥会怎么对安安哥哥呢？”

“那要看他在什么样的家庭长大，善良的还是自私的？”

“在事情没有弄清楚前，最好什么都不跟安安说。”伟说。

“即使知道了，咱们也要提前商量怎么跟安安说能减少对他的伤害。”我说。

伟张嘴要说什么，没说。

“你想说什么？”我扭头看着他问。

“没什么。”伟叹了口气。

把我送到机场入口处，要分别的时候，伟终于说了：“要做好准备，也许……”

“也许什么？”宁宁问。

“也许……”

“也许什么？”我盯着他的脸问。

“也许，”他迟疑着，“也许咱们的儿子已经不在了。”

“你为什么这么说？”我眼泪一下就涌了出来，我不能听这个！也不想听这个！

“不会吧……”宁宁声音颤抖。

伟搂着我们俩，什么都没说，眼泪在他眼睛里转着。

第十二章

恐惧

12 –

chapter

每次回北京都特别激动，不论是那些熟悉的大街小巷，还是新建的各式建筑，都觉得亲切，都觉得是到家了。这次不一样，心沉甸甸的。

黄昏的时候，飞机在北京降落。出租车带着我在拥挤的街道上穿行，我盯着窗外下意识地在街边的人群中寻找儿子的身影。他像伟，还是像我？他会像安安那么健硕，像宁宁那么聪慧吗？想到伟在机场说的话，泪水又一次模糊了我的眼睛。

回到家，放下行李，就跟爸妈说了安安的事儿，他们俩也很吃惊。其实见到爸妈那一刻，我就想哭，像小时候一样，把我的悲痛全部倾泻在他们身上，让他们来安抚我，我已经崩溃成千万个碎片了，我需要有人把我攥在一起。但是我忍住了，我不能让爸妈自责他们没有帮我看好儿子，我知道千错万错都是我的错。

妈妈说："我说周阿姨怎么老要安安的相片呢，原来那是她孙子。"

"也不一定，我是猜的。"我说。

"现在农村的人也不会为了出国，把自己孩子换给别人啊。而且我记得，那时候周阿姨还不愿意让你带安安走，说她帮你带安安不要钱？"爸爸说。

老头儿记性还真好，周阿姨是说过这话。

"你临走，她儿子还跑来劝你别带安安走？"我妈妈也想起来了。

爸爸说："这么说，安安真是周阿姨的孙子……"

"他们要不想让他出国，为什么要把她孙子换给我呢？"

"就是啊。"爸爸说。

"她孙子是不是叫根宝？我听她管安安叫根宝，叫过好多次。"我想起二十年前在北京时的点滴，那时候我没往心里去，如果我有点警觉，可能儿子早就回到我身边了。

"好像是叫根宝。"妈妈说。

"那我儿子呢，是不是还在周阿姨家？"

爸爸说："应该不是这么简单，你没看出来他们不想把根宝给你？"

"那……"

我没给周阿姨打电话发电报，怕中间有什么变化。她一直跟我爸妈通信，索要安安相片，所以我有他们家的地址，近期的准确的地址。

第二天，我直接就飞到他们省城，然后坐长途汽车去了他们家，是下午到的。现在的农村跟我印象里的农村完全不一样了，家家是二层的小楼，院子里水泥铺地，院子大门都是铁皮做的，有的漆成深红，有的漆成墨绿，而且做得很气派。

按着地址，我敲了敲铁门，门没锁，被我推开了，我问："周荣军在吗？"

一个黑瘦的穿着夹克衫的老头儿从里面出来："找谁呀？"

"周荣军在吗？"我进到院子里。

"我就是啊。"他看着我。

"我是肖璐啊，你不认识我了？"

"根宝……安安出事了？"他马上问。

他把我让到屋子里，应该是客厅，摆着一张长沙发和两张小沙发，还有茶几，沙发对面是电视，还开着呢。

"坐坐坐，喝茶吧？"周荣军问我。

"不喝，开水就行。"

他从茶几旁边的地上拎起一个大红的描着金色凤凰的暖壶，往茶几上的一只空茶杯里倒水。

"周阿姨呢？"我问。

"安安没事吧？"他坚持问安安。

"没事儿，周阿姨呢？"

"她走了……"周荣军把水放到我面前，然后坐在我旁边点起一根烟。

“走了？”

“去世了，走了有几年了。”

“她不是一直写信跟我父母要安安的照片吗？”

“是我们想看，跟你们安安有感情，放不下。”

“安安一共在你们家待了不到十天……”

“我们农村人重感情啊。”

“周阿姨走，你们也没跟我父母说一声，他们一直觉得她挺好的。”

“还不是因为，哎，她心里窝囊，想不开……”

“因为什么她想不开？”我心里想是不是因为把我儿子给换掉了，良心上过不去。

“不说了，过去就过去了。”

我看见墙上挂着很多照片，就站起来凑上去看，希望能看见我儿子的照片。结果，照片大多数都是安安的，从小到大。

“都是安安的相片，怎么没看见你儿子的？”

“我儿子？”

“你不是有个叫根宝的儿子吗？”

“他，他不在了。”

我心里“咯噔”一下：“什么叫不在了？”

“丢、丢了。”

“你把我儿子弄丢了？”

“你儿子？”

“我们家安安是不是你们家根宝？那我儿子呢？”

“他，”周荣军冷静下来，“坐下，坐下慢慢说，先喝口水。”他端起茶几上的杯子递给我。

我喝了口水然后说:“你放心,安安,就是你们家根宝,现在很好,上大学三年级,学习好身体也好,放假我就让他来看你们。”

“别别,”周荣军说,“你误会了,安安就是你们的安安,他不是我们家根宝,我们家根宝被人贩子拐走了,找不回来了。”

“你是说我们家安安被人贩子拐走了?”我的心已经沉到河底,是冬天的河,冰冷僵硬。

“是我们家根宝。”他坚持。

“周阿姨带着安安回老家就是想把根宝换给我们?”

周荣军使劲儿摇头:“不是,我们没换,你们家安安就是你们家安安。”

然后我告诉他安安受伤和查血型及查 DNA 的事儿。

他坐在沙发上低着头半天都不说话,双手紧紧握在一起。

“我儿子呢?”我问他。

他抬起头,抹了一下眼泪,告诉我,安安在北京时就被人偷走了。周阿姨打听到偷孩子的人叫冯双青,就一个人跑到冯双青家去找,没找到。因为我要回来把安安带走,没办法才拿他们家根宝顶安安给了我。

“我们就这么一个儿子啊……”周荣军说。

这时一个四五十岁的女人从外面回来,看到我再看看周荣军有点发愣。周荣军赶紧给我介绍:“这是我老婆高海英,”又指着我说,“这是安安的妈妈,她都知道了。”

“知道什么?”高海英问。

“他们家安安是咱们家根宝。”

高海英一下蹲到我面前："你不用跟根宝说，他跟着你们挺好的。以后回来，我们偷偷看看他就行了。这么多年也习惯了，在你们加拿大吃香的喝辣的，比跟着我们强。刚开始我们想他想得不行，天天哭，哭得眼睛都快瞎了。我婆婆也是，觉得对不起你们，也对不起我们，怎么就能让安安被人偷了，她怎么都过不去这个坎儿，六十多岁就走了。"她一口气说了这么多。

周荣军到里屋找出一个小包交给我："这是我妈妈留下的。"

我打开小包，里面有一张安安满月时照的相片，还有一件蓝色的套头运动衫。我拿着运动衫看着，周荣军说："我妈妈说，安安就是穿跟这件一样的衣服被偷走的。"

我拿着衣服闻了闻，还能闻到安安身上的奶味儿。"这是什么？"我拿起一张纸看着，上面印着一个人的身份证。

"这是那叫冯双青的身份证复印件。"高海英说。

"安安在她那儿？"我问。

"我妈说是她把安安偷走的，她生不了孩子，老公跟她离婚了。我妈当时到她婆家找她，她不在。到她娘家找她，也都不知道她在哪儿。我妈后来又到她娘家找过，她妈去世了，没人知道她在哪儿。"周荣军说。

我马上打电话报了警。我妈妈一九九五年因这事报过警，所以没有失效期的问题。警察挺重视，不到一个小时，他们就开车到了周荣军家。了解情况以后，他们让我跟他们回去采血，然后把我的血样输入全国公安机关查找被拐卖/失踪儿童DNA数据库里。

临走前，周荣军和高海英硬给我塞了大蒜大米什么的，不要还不行。要上车了，我跟周荣军和高海英说："放假就让安安，不，根宝来看你们。”高海英直摇手：“别别，根宝就给你们了。”

周荣军也说：“有我们这样的父母他也丢脸。”

“丢什么脸啊？不丢脸，我会告诉他的。”

“就说我们是亲属，小时候见过他。”高海英说。

周荣军也说：“现在农村没男孩也没关系，我们家大妞二妞都能帮上忙。”

跟着警察去采完血，我决定去冯双青家看看。她偷走我们家安安，她老公也许会跟她复婚，好好过日子呢。

我找到冯双青家，跟周围的房子比，他们家还是老房子，破败不堪，院子里没像其他人家铺上水泥，而是杂草丛生，一看就知道这儿已经很多年没住人了。

我扶着院门，久久地看着这个残破不堪的院子，不知为什么眼前浮现出儿子在这里蹒跚学步的样子，甚至听见了儿子稚嫩的笑声……

儿子还活着吧？

朋友们知道我的事儿纷纷给我出主意，多数都让我找宝贝回家寻子网站。

第十三章

他是我的儿子吗

13 -

chapter

警察工作效率还挺高，我刚回北京就接到他们的电话。

“是这样，”一个姓钟的警察跟我说，“我们找到冯双青了，她现在在上海打工，她老公二十年前就跟她离婚了。她承认为了让老公跟她复婚，她偷了安安。老公拒绝后，她就把孩子卖了。”

“卖了？”我的心一沉，脑子里立时充满各种可能性。

那姓钟的警察又说：“买安安的人姓武，冯双青还记着是哪天在小旅馆前把孩子交给他的，也有印象这个姓武的人老家在哪儿。我们马上就跟当地公安取得联系，姓武的人因贩卖儿童已被判刑，现在在监狱里，我们也提审了他。”

“那我儿子呢？”我问。

“他说卖给了一姓于的木匠，我们已经找到那木匠家，但没找到木匠。村里人说他们十几年都没回来了，不过村里有人记着他们家买过一个男孩。”

“村里就没人知道这木匠的下落吗？”

“已经开始查找。”

我感谢他们的工作效率，也希望他们能尽快找到我儿子。

我把警察的回复告诉了爸妈。

妈妈说：“找到姓于的木匠肯定就能找到安安。”

“他不会叫安安了，他现在应该姓于。”爸爸说。

“他还……活着吗？”我迟疑地问，“那时候他才三个多月……”

“我知道都是我不好，”妈妈说，“周阿姨当时带着安安走，我和你爸都觉得不正常，就应该到她老家去找她，她就得说实话，马上报警，就能把安安找回来。”

“其实我们都买机票了，要不是我把脚崴了，我们就去了，唉！”爸爸说。

“你不说，我们也知道是我们的错，没尽到责任。”妈妈说。

“那是冯双青的事儿，跟你们没关系。”我说，我不能再伤害他们了。

“周阿姨也失职。”妈妈说。

“就是，”爸爸说，“她怎么就能让人把安安偷走，还不跟我们说？”

我把进展跟伟和宁宁分别做了汇报。

“买卖小孩？”宁宁的声音都变了。

“政府一直在管。”我说，“哥哥怎么样？”

“问你什么时候回来。”

“告诉他，好好养病，我办完事儿就回去。”

“我是这么说的，”宁宁说，“可哥哥好像有感觉，你这次回去跟他有关系。”

我叹了口气。

跟伟通话的时候，我告诉他因为不知道要等多长时间，我已经跟诊所辞职了。他说：“没关系，找儿子要紧。”

“老公。”我低声叫他。

“嗯？”

“你觉得儿子还活着吗？”

“不知道。”

“你有感应吗？”

“你有吗？”

“我没有。”

“我也没有。”

“如果他已经不在了怎么办？”

伟在电话那头儿长时间地沉默，然后说：“如果儿子不把自己的血样存到全国失踪儿童数据库里，我们也没办法找到他。”

“那我在报纸上登寻人启事找那木匠好不好？找到他就找到儿子了。”

“他肯定不愿意咱们认儿子，一看你的广告，他要躲起来，咱们就更找不到他了。”

“那怎么办，什么都不做就这么傻等着？”

“你可以回来等，反正有消息公安局会通知咱们。”

“不，我要在这儿等他，用我的感觉去召唤他，他要有感应了就会要求输入自己的血样，那不就能找到他了吗？”

“别迷信。”

“只要能找到儿子，我什么都愿意信，不管是上帝还是菩萨。”

我是十月回的北京，十二月圣诞节前，姓钟的警察又给我打电话，让我再去北京有关的公安系统采血样。

“为什么？”我问他，“不是都采过了吗？”

“有这个需要。”

“你们找到我儿子了？”

“你尽快去吧。”

“你们找到那姓于的木匠了？”

“你就去吧。”

我到指定地点采了血样，然后焦急地等待着结果。也许儿子找到了，也许已经证实儿子不在了。儿子要真不在了，我怎么办？我一点东西都吃不下去，根本睡不着觉，瘦得两腮都凹进去了。

妈妈叫小阿姨给我做我喜欢吃的东西，馅饼饺子，爸爸还到饭店给我端来红烧海参。

可我真的什么都吃不下去，脑子里有个声音在不停地说：“你儿子已经不在了，你儿子已经不在了。”我想好好地痛痛快快地哭一场，发泄一下也许会好点。可妈妈爸爸在，我不能哭。就算夜里，他们睡着了，我也不能哭。第二天早上他们看见我红肿的眼睛，会更加自责。

我从网上看，被拐卖的孩子找回的概率非常低。他们为什么还要我的血样？为什么？为什么？

一周后，我接到钟姓警察的电话。

他说："你先坐下。"

"不用，我受得了。"我坚持站着，做好了最坏的准备。

"你坐下，我才说。"

"好吧。"我拿着话筒坐到沙发上。

"找到了。"他说。

"找到什么？"

"你儿子安安。"

我不知道说什么。

"他现在叫于凯旋。"

"他还活着？"我声音颤抖。

"那当然了，他一直在上海打工。"

"安安还活着！"我朝爸妈大声喊着。

我也不管是几点，马上给伟打电话："安安找到了！星期五警察带他到家里认亲。"

宁宁在她房间也接了电话："妈妈，我想回去。"

"你还得上学呢。"

"就两天，见哥哥一面就回来？"

"以后等哥哥去加拿大你不就能看见了吗？"

"还不知道他愿不愿意来加拿大？"伟说，"我在网上看好多被拐骗的成年孩子不愿意回到亲生父母身边。”

“为什么？”宁宁问。

“跟养父母已经有感情了，”伟说，“找到就好。”

找到就好，我太同意了。

在等待的这几天里，我特别兴奋，真的找到安安了，跟做梦一样，我怎么这么幸运呢？许许多多丢失孩子的家长，十年、二十年奔走在寻找孩子的路上，都没能找到。

钟姓警察帮我分析原因，是因为信息比较准确。冯双青记得姓武的人老家具体地址，姓武的人又被关押，比较容易就找到他。他没有转手把安安卖给其他人贩子，而是直接给了姓于的买家，这些都帮助警方顺藤摸瓜找到安安。虽然，于木匠一家长年在外面，村里总还是有人知道他们的下落。找到他以后，儿子于凯旋也就被采了血样。

儿子长什么样儿？像我还是像伟？如果结合了我们俩的优点会长成什么样儿？结合我们俩的缺点呢？不管了，男孩子长相不重要，体格一定会像年轻时的伟，高大健硕。

星期五上午大约九点半，两个警察带着安安，现在叫于凯旋，于二十年后重新踏入这个家——我爸爸妈妈的家。

于凯旋跟着警察进来的时候，我一下愣住，这是我儿子吗？他不高，也就一米七的样子，很瘦，肩胛上耸，头还稍稍往前伸着，像个小老头儿，可他才二十岁啊。

妈妈比我反应快，上去搂住他就说：“都怪姥姥没看好你……”

被姥姥搂住的安安脸上没有任何表情，双臂就那么垂着。

他是我儿子吗？

我一米六八，我老公一米七八，我们的儿子怎么会这么矮小？而且在一个老太太这么悲情地搂着他的时候，他的脸怎么也应该有点动容吧？就算心里没被真的感动，礼节上也应该有所反应。可他一动不动地板着脸，就那么让我妈搂着。

“你还记得姥姥吗？还记得这儿吗？”妈妈问他。

他没有表情地摇摇头。

“妈妈，”我拉开妈妈跟他说，“这是姥姥，这是姥爷，我是你妈妈。”

我心里演绎过无数遍的，我的儿子紧紧拥抱我的场面没有出现。儿子听完我的介绍，冷漠地抬眼看了看我，又看了看我妈妈，然后把目光落在我爸爸的脸上，什么都没说。

他是我儿子吗？

大家在客厅落座，钟姓警察当着大家的面，把他怎么丢失的从头到尾给儿子讲了一遍，我敢肯定这不是第一次跟他说了。儿子坐在沙发上低着头无动于衷，然后掏出烟点上，狠狠地吸了一口，抬起眼睛问钟警察：“我户口能进北京吗？”

姓钟的警察说：“不能。”

“那这认亲有什么意思？”儿子吐了一口烟说。

好像有人朝我胸口打了一拳。

“你本来就不是北京户口，肯定进不了北京。要想去加拿大，我们可以帮你办护照。”钟姓警察说。

“我不去，我家都在这边，我去那儿干吗？”

这不是我儿子，一点血缘天然的亲近感都没有。我把钟警官叫到另一间屋子问他："是不是错了，不太像我儿子？"

"没错。"

"我对他没感觉，好像他对我也没感觉？"

"一般情况如果养父母对领养的孩子不好，他们比较容易回归亲生父母家。如果养父母家教好的，孩子两边的关系都愿意维持，对两边父母也都挺孝顺。家教不好的，从感情上不认你们，但还希望你们能帮他。"

"你觉得我儿子是哪种？"

"不好说。"

另一警察过来敲门说："安安，就那个于凯旋要走了。"

我和钟警察赶紧出来，我跟儿子说："在家多住几天，我还想知道你这么多年是怎么过来的。"

"没什么可说的。"他说。

"吃完饭再走，让阿姨准备了几个菜。"我爸说。

"我们先走了，"钟警察说，"你们一家人好好聊聊。"

还没等我们挽留，钟警察和他的同事已经走了。

"我刚才过来时，看见附近好儿家餐馆，咱们去那儿吃？"儿子说。

爸爸说："家里阿姨已经做好了……"

"家里饭有什么可吃的？"

儿子把我们带到我们家附近看着最气派的餐馆，一进去他就用夹着半截烟卷的手指着服务员说："要一个包间！"

服务员送来四本菜谱，儿子接过一本低头翻看，边看边说："红烧海参、红烩大虾……"他一口气点了八个菜。

我妈说："咱们才四个人吃不了这么多……"

儿子斜了我一眼不说话，低头抽烟。

"点就点吧。"爸爸说。

"还没点主食呢。"我说。

"我和你爸一碗饭就够了。"妈妈说。

"我先要四碗吧。"儿子喷了口烟说。

他是不是经常吃不饱呢？他长年在上海打工，吃饱应该没问题，可能是吃得不好，我在心里长长地叹了口气。

先上的是红烧海参，儿子马上跟服务员要米饭。米饭一端来，他让都没让，端起盘子就把海参往他碗里拨，拨完就大口吃起来，完全没有等我们一起吃的意思，好像我和我爸妈都不存在一样。

其实他也不是特别能吃，最后他只吃了两碗半米饭，除了海参，其他几个菜都剩了大半。

一顿饭我都没说话，静静地慢慢地吃着，心里五味杂陈。可以看出来儿子养父母家生活不富裕，家教好像也不是太好，可这不是他的错……看他吃完饭又点上一支烟时，我说："抽烟不好。"

他斜了我一眼没说话。

"对身体有害。"我妈也说。

"你什么时候开始抽烟的？"我爸问。

儿子看了看我们仨，一脸的无所谓："你们就别管我了，连孩子都能丢，就别管我了。"他说完站了起来，"我得走了，我爸让我今天就回上海。"

"你爸？"我说。

"他把我养大我肯定得叫他爸。"说完他就要走。

"再坐会儿。"我说。

“噢，”儿子停下来，扭过身问我，“能给点钱吗？”

“钱？”我一时没反应过来。

“钱，”儿子点点头，“为了来看你们，我好几天不能上班。”

“你要多少？”我爸赶紧掏钱包，“还给你准备了红包，在家呢，刚才忘拿了。”

“爸爸，我给……”我开始翻包。

“他要愿意给……”儿子管我爸叫“他”，而不是“姥爷”，我不太高兴了：“这是姥爷，不是他。”

儿子看了看我没说话。

“把烟掐了吧，抽烟不好……”我又说。

他把烟掐了说：“不就要点钱嘛……”

“你一天挣多少？”

“二百。”

“你耽误几天工？”

“三天。”

我数出六张百元大钞递给他：“你不愿意认我们，愿意跟着你养父母没关系，我不会强迫你，我也能理解。我们也有一个养子，他现在叫安安……”

“他们告诉我你们后来又生了个女孩……”

“是，比你小两岁，叫宁宁。当时有人从周阿姨手里把你偷走以后，周阿姨没让我们知道，她回老家把她孙子带回北京说是你，我们一直把她孙子当你一样养大，最近才知道他不是我们的孩子，他跟我们很亲……”

儿子盯着我没说话。

“虽然都是养子，他和你不一样。”我说。

“怎么不一样？”儿子问。

“他是周阿姨送给我们的，你是你养父买的，买卖小孩是违法的。”

他盯着我看，然后说：“只要你们不报案，他就没事儿。我走了。”他扭头走了，还没等我说话，他又回身给我鞠了一大躬，头都快挨着地了，叫了声：“妈妈。”又扭身给我爸妈也鞠了一大躬，叫：“姥爷，姥姥。”说完就走了。

儿子突然的认亲举动让我和爸妈不知所措，我们愣在那儿，呆呆地看着门在他身后关上。

第十四章

欠债

14 –

chapter

找到儿子后，伟决定马上回国，归心似箭。

刚到北京，钟姓警察就安排他去采血样，并将我的DNA和于凯旋的DNA再做一次比对。一周后告诉我们，于凯旋是我的儿子，我老公许存伟是他的生物学父亲，意思我们俩就是他的亲妈亲爸。

那儿子怎么会是这样呢？

他养父是农村的木匠。二十年前，做木匠的要比一般农民富裕。于木匠美中不足的是，他老婆连着生了五个女孩，最小的三个一出生就送人了。当时超生要罚款，为生个男孩，他们交了不少罚款。看实在生不出男孩，他们就到处托人打听想买一个。

姓武的人贩子从冯双青手里买下安安后，就给于木匠发了电报，于木匠一听孩子特别健康就想要。姓武的人贩子就抱着儿子到他家让他过目。一看儿子浓眉大眼，什么毛病都没有，于木匠大乐，当场拍板决定买下。

姓武的人贩子一看他们挺稀罕这孩子就开价三万元，一九九五年的三万元相当于现在的十好几万元。一听这么多钱，于木匠就蒙了说，“没那么多钱啊。”

姓武的人贩子就说，“你一做木匠活的，这点钱还能没有？”于木匠说，“真没有，我们超生了四个，钱全都交罚款了，我上哪儿弄那么多钱去？”姓武的人贩子就说，“想要的人多着呢。”于木匠就说，“我也想要，我是真没那么多钱，你看谁能出这钱，你就给谁吧。”于木匠这么一说，姓武的人贩子知道他是真没那么多钱，他也不愿意抱着这么小的孩子到处跑，真要得了病，说不定他一分都赚不到。

最后以两万元成交。

于是我们的儿子安安就成了于木匠的儿子，于凯旋。

两万块钱买的儿子，于木匠一家把他当宝贝一样供着。俩姐姐初中毕业就到上海打工，于木匠只让于凯旋一个人读书。

于木匠后来看外出打工比在家做木匠更能赚钱，带着老婆孩子也去了上海，于凯旋就一直在那儿读书。

于木匠在上海打工虽然比在老家挣的钱多，但上海什么都贵，他和老婆都打工也只能租的起城乡接合地段不带厕所的一间房。

于凯旋读小学时功课不错，但他生性敏感，和上海当地孩子比，他总有一股挥之不去的自卑感。其实很多农民的孩子随父母到城市生活后，即使就读条件不太好的农民工子弟学校，也能读得不错，很多都上了大学。

于木匠觉得家里太穷对不住儿子，一家人都宠着他，好吃好喝的都紧着他。对他的物质要求，只要家里能负担得起的都给他买。看着儿子一身名牌出出进进，于木匠夫妇连同他们两个女儿都觉得有面子，有成就感。于凯旋就成了一个打工者家庭的“富二代”，不能吃苦，喜欢享受。

到初中，应该是男孩子学习突飞猛进的阶段，于凯旋学习更不好了，他嫌学习太苦，花很多时间玩游戏。于木匠只上过小学二年级，也不会管孩子，只要不出去打架斗殴，他就挺满足。

到高一，他养母得了乳腺癌，手术化疗，家里欠了不少债。养母不能出去打工，日子过得捉襟见肘。于凯旋觉得家里都这样了，他整天玩游戏也不合适。而且他早就不想读书了，高一进入高考倒计时，整天大考小考连睡觉的时间都没有，他想想都害怕。他跟于木匠说要退学打工，帮家里还债。起初于木匠不同意，让他继续读书。他说他不是读书的料，白费钱，还不如现在就开始赚钱。于木匠想想也是，儿子整天玩游戏还不如早点打工帮家里还债来得实惠。

一上班，他觉得轻松了，除了帮家里还债，有点闲钱还可以去打游戏。于木匠也高兴，儿子没酗酒没吸毒，还能帮家里还债，很好了。

二十年前偷他的冯双青虽然已被刑拘，顶多也就在监狱待上三五年，而儿子却因为她成了这样的人。

“不才二十岁吗，能改。”伟说。

我给儿子打电话，让他回北京一趟，说爸爸从加拿大来看他了。他在电话里说，再请假就得被开除了，如果我们每月能给他生活费，他不用再上班，他就可以马上来北京。

于凯旋自从知道他的经历，他不恨偷他的冯双青，也不恨周阿姨，因为他不认识她们，恨不起来。他恨我，恨他亲爸。这种恨，很难用语言准确地形容，是一种把心扭起来的那种恨。

他控制自己，不去想这么多年他是怎么在上海这个大都市的底层生活的；不去想，如果没被偷，他会有一个怎样的不同的二十年。他曾经试着想过，结果就是他想从632米高的上海中心大厦顶上跳下来。他不敢跳，所以就不去想。但是他觉得我们欠他太多太多，给多少钱也弥补不了他这二十年的损失。

我捂着话筒小声跟伟说了儿子的要求，伟顺手就把电话接了过去：“我是爸爸呀。”并同时把扩音器打开。

于凯旋在电话那边：“嗯。”

伟问他：“不会请几天假就被开除吧，你又不是旷工？”

“现在的老板可狠呢。”

“那再找别的工作？”

“这种活儿轻、钱给得还可以的工作不好找。”

“你要真丢了工作，在你没找到合适工作之前我们可以帮助你。你一个月大约需要多少钱啊？”

“怎么也得一万吧。”

“一万？”

“你现在每月挣一万？”

“我挣不了那么多。”

“那你干吗要这么多啊？”

“这还多，换成加元没多少。这么多年你们也没给我花过钱，我这么大了一直跟我父母住一间房，交个女朋友都不方便。有一万，我怎么也能租间房子自己住吧。再说我妈动手术借了不少钱，他们对我有养育之恩，你们帮助还钱也是应该的。”

“还钱”这事儿有点突然，所以伟说：“那我们去上海看你吧。”

“那钱呢？”儿子问。

“我们去上海，你就不用请假，也就丢不了工作了。”伟说。

“那我父母借的钱……”

“去了再说吧。”

“他们在老家的房已经没法儿住了，要盖新的……”

“你意思还让我们给他们买房？”

“嗯。他们也没有退休金……”

“还给他们养老？”

“那他们没钱怎么办？”

“那我得和你妈妈商量商量。”

看伟挂上电话，我就说：“不用商量，我不同意！凭什么他们买了我们的孩子，害得我们骨肉分离二十年，我们还要给他们买房？”

“不管怎么说，是他们带大了儿子，给他们一些钱，帮帮他们也是应该的。”

“没有买方就没有卖方，《中华人民共和国刑法》第二百四十一条，收买被拐卖的妇女、儿童的，处三年以下有期徒刑、拘役或者管制。儿子不让起诉他们，已经算便宜他们了。”

“得谢谢他们买儿子之恩，要不是他们买了儿子，儿子当时才三个月，都不知道能不能活下来。儿子想让咱们帮他们，说明他们对儿子不错，儿子对他们有感情。”

“他们是罪犯，是贩卖儿童的帮凶，给他们钱就是助纣为虐！”

“别忘了，他们也是儿子的养父母。”

“我们不是因为养不起儿子，把他送给别人养，现在要感恩戴德他的养父母。他是被人偷走的、贩卖的，于木匠买他是犯法的。我们是最大的受害者，还要给他们钱，你觉得合理吗？”

旁边的爸妈听了我和伟的争吵也叹气，妈妈说：“都怪我，唉！现在成烫手山芋了，不管吧，自己的亲儿子；管吧，又不愿意让他当取款机。”

爸爸也说：“也不是钱的问题，是从你们这儿要钱的想法让人不舒服。”

“赶紧把他带去加拿大就好了。”妈妈说。

“他不去，怎么办？”我说。

伟说：“主要跟我们没感情。”

“那怎么才能跟他有感情呢，给钱？”我问。

“给钱也不是办法，”爸爸说，“给多少才算够？”

“给多少都不够，”妈妈说，“他就觉得肖璐他们欠他的，第一次见面就要钱。”

“唉！”我叹了口气。

伟说：“你一会儿打电话问问宁宁，看他们年轻人怎么说。”

在电话里，我跟宁宁讲了大致经过，她说：“他们把哥哥养那么大，咱们应该帮帮他们。”

“他们买孩子是犯法。”

"妈妈，这是两码事儿。你决定不起诉他们，咱们就不说法了。他们辛辛苦苦把哥哥养大，希望哥哥能给他们养老。咱们现在找到哥哥，哥哥成了咱们家人，他们什么都没了。"

"你哥哥不愿意到加拿大。这次我们去上海见完他，很可能他还跟他养父母过，我和你爸回加拿大，各自都回到原来的生活。"

"不管怎么说，咱们找到哥哥了。"

"你没看见他那样儿……"

"妈妈，我原来以为你跟别人不一样呢……"

"我是跟别人不一样，"我有点小得意地说，"我聪明，情商高，我知道怎么跟年轻人沟通，我当然跟别人不一样了。"

"你贪心不足，跟好多妈妈都一样。"

"我怎么就贪心了？"

"你原来就想把哥哥找到，只要活着就好。现在哥哥找到了，你又嫌弃他……"

"我……"

"没有他养父母，我们可能永远都见不到他。"

"可……"

"他这样不是他的错，是他的成长环境造成的。"

我是太贪心了，怎么能指望别人养大的孩子和自己带大的一样呢？而且，自己的孩子自己养，把他养父母花在他身上的钱还给他们也是应该的。虽然心里别扭，我还是同意帮儿子的养父母还钱，帮他们在农村买房。但我们不能养着他，他必须工作，在这点上我和伟意见一致。另外给他养父母养老，是他的责任，我们就不管了。

这次去上海，就把我们的决定告诉他。还得问问他，他养父母欠了多少债，在农村买房需要多少钱。同时我和伟也希望，我们这样做了，儿子愿意和我们来往，愿意到加拿大看看，起码两边跑跑。

我和伟到了上海，约儿子下班后在酒店见面，然后一起去吃晚饭。我们默默地坐在沙发上等着，有些紧张。伟是因为第一次见儿子，我是因为这两天想了很多。儿子的行为表现，宁宁说得对，不是他的错，不是他想变成这样的，都是我的错。是我的一个决定，让我的儿子变成现在的他。今天，我要向他道歉，而且不求原谅。

伟看了看表说："已经过点儿了。"

"不会不来了吧？"我看着伟说。

"于木匠会不会带着他们全家跑了？"

"咱们不能让儿子再丢了。"

"他要不来怎么办？"伟已经有些焦虑了。

"我问问他。"我拿出手机正要拨电话，手机突然响起，显示是儿子打来的。

"喂，你在哪儿呢？"我问。

"我在大门口……"儿子说。

"怎么不上来？"

"我，我，咱们不是要出去吃饭吗？"

我和伟只好下去。到大门外，看见儿子远远地站在一棵树下等着我们。

伟小声地嘟囔一句："他不敢进来。"

"这是爸爸。"我指着伟跟儿子说。

儿子没叫"爸爸"，而是低头看看自己的衣服："不知道你们住这么高级的酒店，下了班直接就来了，也没换衣服。”

伟看看他，然后上前紧紧搂住他叫着：“儿子！”

我也上前抱住他们：“儿子，对不起！”

儿子有那么一瞬间的动容，我没看见，但我感觉到了，以母亲的心感觉到了。可是，他马上把我们推开说：“其实我对你们没感觉，要不是民警非逼着我去验血，我根本就不会去认亲。”

我和伟看着他不知道该说什么。

我反应快点，马上又挽起儿子的胳膊：“吃饭去吧，你想吃什么？”

他把我胳膊不轻也不重地拿开：“我不习惯这样，其实是知道你们在加拿大，我才来认你们的。”

我和伟互相看看，又一次不知道该说什么。

儿子又说：“他们对我特别好，要是不好嘛，认认亲妈亲爸还可以。跟谁长大就跟谁亲，血缘其实就是那么回事儿。”

我的心突然变得好凉。

吃饭的时候，儿子又跟上次一样风卷残云地吃着，这次没忘了说话：“你们怎么不吃呢？是不是吃不惯中国菜？应该叫我爸妈来，他们从来没在这样的餐馆吃过饭。”

“那明天我们请他们吃饭？”伟马上说。

“为什么？”我看着伟说。

场面立时尴尬，儿子张着满口饭菜的嘴看着我，伟也看着我。

“他们把我养这么大不容易，对我比对俩姐姐好多了。”儿子把饭咽下去说。

“买卖孩子是违法的。”我说。

“我们农民不懂那么多法，你们要想让我认你们，你们就得帮他们……”儿子放下筷子看着我郑重其事地说。

“怎么帮？”伟问。

“就是我在电话里说的，帮他们把借的钱还清，帮他们在老家买房，给他们养老。他们当时买我就是让我给他们养老的。他们就我一个儿子，我不能不管他们。都知道外国人有钱，我才来认你们的。”

我想说，儿子，我们，你的亲生父母和你才是最大的受害者，我们怎么就成欠债的人了？

伟用眼神制止了我，然后和儿子约了第二天他下班后还是在这家餐馆，我们请于木匠夫妇吃饭。

儿子脸上第一次露出笑容，浅浅的真实的笑，和宁宁有一点点像的笑。

第十五章

奇怪的逻辑

15 –

chapter

进到酒店房间我就跟伟嚷嚷起来：“为什么要请他们吃饭？我们现在不要求刑事处罚于木匠，同意帮他们还债买房已经是仁至义尽了。”

“来来来，坐下，坐下，慢慢说。”伟招呼我坐到沙发上，然后给我倒了杯水，“先喝点水。”

“你先告诉我为什么要请他们吃饭。”

“谢谢他们把儿子养这么大。”

“又来了，咱们不是说好给他们钱了吗？”

“所以要问问他们需要多少钱。”

“问儿子就行了，为什么非问他们？”

“儿子想让咱们请他们，咱们就请吧。咱们对他们好，儿子就愿意认咱们，他们也许还能劝儿子到加拿大看看……”

“你觉得他们会劝儿子到加拿大？”

伟很自信地点点头：“将心比心，咱们也没说让儿子去加拿大就不回来了，他们有什么理由不同意？”

他们要真能劝儿子到加拿大看看就好了。我不奢求儿子跟我们有多亲，只是不排斥我们，偶尔能到加拿大来看看就行。我不再和伟争论，眼前浮现出明天两家杯盏交错的和谐场面。

伟上网查了一下国内做乳腺癌手术大约的花销及在于木匠老家盖一栋房的开支，往多了算十万加元怎么也够了。我和伟都是工薪阶层，我们自己买房的贷款还没还完。但我们的存款，再和银行贷些款，应该可以帮上于木匠。

第二天，我们到了昨天的那家餐馆，儿子和于木匠夫妇已经等在门口，连儿子在内都是特意着了装的。于木匠个子中等，人挺壮，穿着件咖啡色西装。他老婆很瘦，小尖脸，乍一看挺像儿子，穿的是黄色西装，儿子新理的头发，变成小分头了，穿了件深格子夹克衫。

“不好意思让你们等了。”伟跟他们说。

“没有，我们刚到。”儿子说。

“怎么不进去？”伟问他们。

“嗯，“儿子支吾着，转而介绍，“这是我爸爸于士荣，这是我妈妈邢淑华。”

他没介绍我们。

邢淑华上来就拉住我的手：“谢谢啊，昨天还给我们买那么多东西，其实应该我们给你们买……"

这时于木匠瞪了她一眼，她马上就停住，并松开我的手。

“农村人不会说话。”于木匠说。

“买什么东西？”我问。

儿子马上说：“昨天你们不是给他们买了好多营养品吗？”

“营养品？”

伟拽着我，招呼着他们：“走走，进去聊进去聊。”

坐下以后，伟把菜谱递给儿子：“你点，他们喜欢吃什么你知道。”

儿子脸红了，看看于木匠夫妇又看看我们，想推辞，最后还是把菜谱打开了。

于木匠开腔了：“随便点几个素菜就行了，这家菜肯定贵。”

“没关系，随便点，爱吃什么就点什么。”伟说。

于木匠看看伟，然后从西装里面的兜里掏出一堆钱放在伟面前：“这是我们家所有的存款，一共一万八千九百。以前有钱过，现在穷了，给老婆治病花了不少钱。我知道你们请我们上这种地方吃饭就没好事儿，就是想让我劝凯旋跟你们回加拿大。加拿大什么样儿我不知道，可我就这一个儿子，我们老了就靠他了。我买凯旋是两万，我知道那钱你们也没得到，这钱你们先拿着……你们，你们别把他带走行吗？”他可怜巴巴地看着伟。

伟把钱推到他面前：“收起来收起来，我们知道你们把凯旋带大挺不容易。他也说了，家里条件不好，可好吃好喝的都紧着他一个人。”

我和伟都不明白于木匠的逻辑，想让我们卖儿子？还是想用钱让我们同意儿子给他们养老?

“别把他带走。”于木匠老婆邢淑华也恳请。

“妈,我不走。”儿子说。

“加拿大条件好,养老不用靠儿子吧?”于木匠问。

本来我和伟准备先问他们有多少欠款,在老家买房需要多少钱,告诉他们这些钱我们可以帮他们,让两家关系融洽起来,这样他们也能劝儿子到加拿大看看。没想到于木匠上来就掏钱,打乱了我们的计划。

我说:“我们俩都同意凯旋给你们养老……”

于木匠和他老婆很惊喜地看着我,异口同声:“真的?”

“真的。”伟替我回答了,“你们把凯旋养这么大,于情于理他都应该报答你们。

“还是读过书的人懂事儿。”邢淑华说。

“凯旋命好,正在我们手头儿紧没钱给他娶媳妇买房的时候,你们就找到他了,这回我们也不担心了。”于木匠说,“你们要是心疼他,每月再给他打点钱,他就不用去打工了。”

“年轻人还是有工打好。”我说。

“就是,”伟说,“他给你们养老,他得工作,他得赚钱才行啊,要不怎么养老?”

“我们用不了多少钱,你们外国钱值钱,一块能换我们好几块呢听说。”于木匠说。

“对,”儿子说,“你们随便接济点就够我们花了。”

“咱们差不多大吧?”伟问于木匠,“我说话就六十了。”

“还是你们城里人显年轻,我比你小,看着比你老。”

“我们很快就要退休了,也没多少钱可以资助凯旋。你们要真想到老了吃喝不愁，还得凯旋自己找个好工作……”伟说。

“谁要我呀？初中文凭，也没什么特长，那么多大学毕业生还找不到好工作呢。”儿子说。

邢淑华说：“你们在上海有认识的人吗？”

“就是，你们要有认识的人能帮凯旋找个好工作，帮我也找个，再帮我们在上海弄套房子住住，那凯旋就出头了。”于木匠说。

“还有户口，上海户口。”儿子补充道。

“什么是好工作啊？”我问。

“你真有朋友在上海？”于木匠问。

“大学同学。”

“那太好了，那我们一家三口，连我俩女儿的工作都能解决了。我们这些人都是老粗，没读过多少书，要求也不高，干活儿不累、拿钱不少就行了。你们再帮凯旋买房子，有这些收入我们就能过得跟上海人差不多了。跟有钱的不能比，跟一般人差不多我们就知足了。”

“你们要是钱多，愿意多帮帮我们也行。”儿子说。

于木匠很赞赏地看了看儿子：“凯旋过得好，你们也就放心了。”

“可我同学都退休了，不知道能不能帮上忙？”我说。

“都退休了？”于木匠好像受到很大的打击。

我点点头。

“那他们的孩子亲属还在干吧？”儿子问。

“隔一层就不太好说了。”伟说。

“那怎么办？”儿子看着于木匠和邢淑华。

“可以先到加拿大上个学，学点专业技术，再回国找个好工作，给你们养老……”

伟的话还没说完，于木匠就说："不去不去！"说完又把手伸进西服兜里，把那一把钱抓了出来："你们把这钱收下，一共一万八千九百，我们当初买凯旋是两万。"

伟把钱推开："听我说……"

于木匠马上摆手："不听不听，你们不是就想把他带走吗，不行。我们养了他二十年，就是让他给我们养老，你们带走算什么？"

"爸爸，我不去！"儿子跟于木匠说。

邢淑华用手抚摸着儿子的后背。

"他现在赚的这点钱也不够给你们养老，"我说，"我们很快就退休了，也没有多少钱帮他给你们养老。到加拿大，就是打份工也比他现在赚得多，给你们养老没问题。"

"我不去！"儿子说。

"可以先去看看，就当旅游。"伟说，"要是待不惯，就回来。要是喜欢，可以先在那儿干，给自己多几个选择有什么不好？"

于木匠问："加拿大说什么语啊？"

"英语。"我说。

"英语？"邢淑华说，"那他也不会啊。"

"不会说那儿的话能找到工作吗？"于木匠说。

"去了先学英文，学完再找工作。"伟说。

"那得多长时间啊，那还不得学上好几年？"

"好几年就行了？"儿子说，"我看得十几年。"

"不去不去！"于木匠说，"且兑不了现呢，不能去。"

"可以边学习边打工。"我说。

儿子马上说："那多累啊，学英文太累，再打工肯定不行。"

“这样，”于木匠说，“去不去我们再商量商量，凯旋要是不想去，你们能帮他多少，就是每个月能给他多少钱，他的婚房你们能出多少钱帮他买？”

说到钱，伟突然想起：“噢，对了，儿子说你们因为治病欠了一些债，不知是多少，我们可以想办法帮你们一下……”

儿子听这个高兴起来：“其实也没多少，换成加元更没多少了。”

于木匠咳嗽了一声，打断了儿子：“没钱去大医院，就在小医院做的手术，也不多，差不多花了八十万，我们已经还了五万了。你们要能帮我们那当然好，把凯旋养这么大真没少花钱。”

我吓了一跳，我们上网查在国内做一个乳腺癌手术加上后续治疗超不过六万人民币，怎么就八十万了，还是小医院？

儿子和他养母邢淑华微张着嘴看着于木匠。

伟说：“你们农村盖栋房需要多少钱？”

“农村盖房？”于木匠不解。

“我让他们帮你们在农村盖栋房……”儿子插嘴。

“不盖不盖。”于木匠使劲儿摆着手说。

“不是说你们在老家的房都没法儿住了吗？”伟说。

“在那儿买房没用，”于木匠说，“你们不愿意凯旋这辈子就住农村吧？他得在上海定居。你们给他在上海买套房，我们跟着他住就行了。”

伟问：“上海？”

于木匠点点头：“我刚才一直在说让你们在上海给他买套婚房，你们就没听进去。”

我和伟互相看看，我们确实没把他那话当回事儿，因为我们根本就不可能在上海买房，买不起。

“凯旋肯定要住在上海啊，买套三居或四居的也就几千万，换成加元没多少，不知你们能给他买多大的？”于木匠又说。

伟犹豫着说：“一下子说不上来，给我们点时间……”

“自己家有多少钱还不知道？”儿子说。

于木匠笑了：“说明钱多，才不知道，不像咱们就这么仨瓜俩枣，不用数都知道多少钱。那明天咱们还在这儿碰头？”

“别在这儿了，都吃腻了。”儿子说。

在餐馆门口分别，我和伟往南，儿子和于木匠夫妇往北。还没走几步，儿子又追了上来。

“怎么，想跟我们回酒店？”伟开玩笑地问他。

“不是，”儿子说，“昨天我买了些补品给他们，说是你们买的。”

我点点头：“噢，我猜到了。”心里有些许感动，儿子还挺懂事儿的。

“多少钱，要不我们把钱给你？”伟边说边掏兜。

“没多少钱。”儿子说，有点不好意思的样子，“我就是想让他们高兴。其实今天他们也想买点水果给你们，农村人穷是穷，懂礼。让我给劝住了，你们那么有钱，他们买什么，你们都看不上。”

我和伟又一次无语。

儿子抬眼看了看我们说：“明天咱们不是还见面吗，你们要愿意可以给他们买点什么。”

“买什么？”我问。

“哎，就是人参灵芝什么的就行，他们平时见不着这些东西。”

“你还挺懂的。”我笑着说。

儿子说："网上查的。"

"我们在网上查乳腺癌手术最多不超过六万，你养母怎么用了八十多万？"伟问。

"具体怎么回事，我也不太清楚。"儿子眼睛看着别处说。

"你不是希望我们帮他们在老家盖房吗，怎么又要在上海买房？"

"他主要不想让我在农村生活，也是为我好。"儿子说完匆匆告别。

他一走，我就问伟："怎么办啊，人家要几千万，咱们最多能帮他们几十万。"

"能帮多少就帮多少吧，咱们即使拿房子做抵押也贷不到那么多钱。"

"那明天只能跟他们实话实说。"

伟点点头。

"今大为什么不说？"

"拒绝太快他们会觉得咱们没诚意。"

第二天，儿子带着我们去了一家他想去的餐馆，就是外面看着特富丽堂皇的那种。可能他平时从这儿过的时候，总在想不知什么时候他也能进去吃一顿。菜价挺贵，做得不怎么样，跟装潢一样，都是样子货。

吃饭的时候，伟跟他们说了我们是工薪阶层，我们的存款再贷一些款可以帮他们五十多万人民币。知道农民没有退休金，我们也支持儿子给他们养老。如果在国内工作没办法给他们养老，儿子可以到加拿大。

于木匠看起来很失落，我们能负担得起的和他想要的中间的差距太大。

“你们，”于木匠说，”一块钱顶我们好几块，不会在上海连套房都买不起吧？”

“我们不是做生意的，每月工资还没到手税已经都扣掉了。”我说。

于木匠马上说：“你们可以贷款呵，先让凯旋把婚结了，钱你们以后慢慢还。我要有能力早就给他在上海买房了，买不起啊。你们儿子也找到了，怎么也应该表示一下，把房买了，大家都踏实。我们也不让他养老了，以后跟他住在一起，有口饭吃就行。”

“就是拿我们现在住的房子做抵押，我们也贷不到那么多款。”伟说，“帮你们这些，已经尽了我们最大的努力了。”

儿子一脸纠结，他养母邢淑华一直盯着于木匠。

于木匠半天没吭声，最后说：“我们商量商量，明天给你们回话。”

离开餐馆后，儿子跟昨天一样又追了上来，问能不能给他点钱。

伟问他做什么用。

他吞吞吐吐地说，这几天光陪我们没好好上班。

伟给了他一千元，想说什么又没说。

儿子倒说了：“才一千啊？我爸跟你们可不一样，我想要什么，只要他有就给我买。你们昨天答应给他们买补品都没买，就没把他们当回事儿……”

“我们不是已经同意帮他们还债，帮他们在农村买房了吗？”伟说。

儿子张了张嘴，什么都没说。

第十六章

摇钱树

16 –

chapter

第二天，于木匠夫妇和儿子跑到我们住的酒店，还带了很多上海特产。于木匠边往伟手里塞东西边说："知道你们看不上，随便吃吃。"

在酒店一楼大堂坐下后，"是这样，"于木匠说，"我们全家商量了，他俩姐姐昨晚也回来了，大家的意思加拿大虽然好，也好挣钱，各方面条件也都好，凯旋还是不去了。"

"他在这儿挣的钱够给你们养老吗？"伟说。

"他从小娇生惯养，没吃过什么苦，怕他到加拿大受不了。"邢淑华细声细气地说。

"你懂什么？"于木匠瞪起眼睛训斥她，

然后跟我们说，“他是跟我们有感情，不愿意去那么远。”

伟缓解道：“不去就不去，什么时候想去我们再帮他办，没关系。昨天说的给你们五十万，帮你们还债，帮你们在农村盖房……”

“不用不用，”于木匠忙说，“欠的账我们自己还，就不用你们劳神了……”

我还在想于木匠为什么又不要我们的钱了。

儿子说话了：“我朋友想和我合伙做个小生意，这样我就不用给别人打工，可以自己当老板了。”说完还笑了，好像已经是老板了。

“想自己创业，也不错。准备做什么？”伟问。

“有一老乡想把他的小旅馆让出来……”儿子说。

“也是赶上了，”于木匠笑着说，“凯旋要能盘下这小旅店，我和我老婆都能去帮忙，房子都不用租了，吃也都在店里……”

“挺划算，他是急着回老家，家里孩子出事儿了，他要回去处理。”儿子说。

“行啊，尝试尝试创业也不是什么坏事儿。”伟说。

儿子挺高兴跟于木匠说：“我说没问题吧，你们还不信。”

“信信，现在信了。”于木匠高兴地说。

“我和朋友一起做，一人一百万就行了，不多。”儿子跟我们说，“你们要是今天就能把钱打到我账户上，我们马上就可以签合同。”

“那我儿子马上就可以当老板了。”于木匠喜形于色。

“一百万？”伟脱口而出。

于木匠点点头：“二百万拿下个生意，这在上海已经算很便宜了。”

“可我们没那么多钱啊。”我说。

“找朋友借啊，你们不是有朋友在上海吗？好不容易有这么个机会，凯旋又愿意做……”

“那我们得去看看。”伟说。

于木匠马上说：“小生意，没什么可看的。”

“我们不去看，”伟说，“怎么动员朋友投钱呢？”

于木匠说：“不用他们投钱，跟他们借就行了。”

“可是我们没钱还他们啊，我们用房子做抵押，顶多能贷出五十万。每月还这贷款，没能力再还别的钱了。”我说。

伟补充：“不但我们要去看，还要找专人评估风险，有利可图才能动员朋友投呢。”

“就是给乡下人住的店，不卫生，没什么可看的。”于木匠坚持。

我们不是富翁，不让我们看，我们就没办法给他们投钱。

他们走的时候，儿子还没忘把送我们的上海特产给拿走了，于木匠看见什么都没说。

他们走后，我问伟：“他们为什么不让咱们去看？”

“可能根本就没这么个店。”

“看儿子的表情不像是假的。”

“可能不值那么多钱。”

我打电话告诉爸妈儿子不愿意跟我们回加拿大，我爸说：“真是岂有此理，非法买的孩子就应该强行退给你们。”

“可他已经二十岁了，他不愿意跟我们走，我们也没办法。”

妈妈拿过话筒跟我说：“上公安局报案，让他们把于木匠给刑拘了。”

“那儿子更不认我们了。”

“认了半天亲怎么跟没认一样啊？”妈妈说。

爸爸又把话筒拿过去说：“那怎么办呢？这孩子就不要了？”

“要啊。”我忽然有了个主意。

我跟伟一说，他马上反对：“不行不行，于木匠要是看咱们帮不上忙，带儿子躲起来怎么办？”

“你就听我一次行吗？”

“不行，儿子不会听你的。”

“不试怎么知道。”

“要不成呢？”

“真不成，也就是现在这种状态。”

伟终于勉为其难地同意了，不过说好不成赶紧撤，不许恋战。

我乐了，马上拿起手机，因为怕儿子上班不好接电话，所以发微信给他：“方便时给我打个电话，想问问每月大概补助你多少钱合适。”

刚发过去，手机就响了，儿子上来就说：“上次不是说了嘛，至少一万吧。”

“你没上班吗？”我问。

“上午去看你们都耽误了，下午就在家歇歇。本来以为你们能给投钱助我一臂之力，你们不同意，对我打击挺大的，哪儿有心思上班啊。”

“那你过来一下咱们再聊聊？”

“有什么可聊的？聊完你们还不投，那不是打击更大吗？”

“你得学会说服我们啊。我们又不是大富翁，我们也是靠挣工资过日子的，攒点钱不容易，得了解清楚才能决定我们投不投，才能决定是不是动员朋友投。可你们不让我们去看……”

“唉，算了，看出你们也不是多有钱，我把账号给你们，你们每月给我打点钱就行了。”

“打钱的事儿你过来说，就这样。”

“我晚上有……”

他还没说完，我就把电话挂了。

伟问我：“怎么着，来吗？”

“来，一会儿就到。”

我话音刚落，手机又响了，是儿子，他说：“我晚上有事儿，我现在把账号给你省事儿……”

“见面再说，就这样。”我说完又把电话挂了。

“这办法行吗？”伟质疑。

儿子到了，不上来，给我打手机：“我到了。”

“上来吧，你不是知道房间号吗？”

“他们能让我上去吗？”

“当然了。”

“咱们，咱们找个地方吃饭，我请客，你们，你们下来吧。”

“吃饭待会儿再说，你先上来。”我说完就把电话挂了。

一会儿就听到敲门声，伟上去把门打开。

“他们让我进了，”儿子喜形于色地说，“也没人问，我就那么往里走，找到电梯就上来了。”

伟拍了拍他肩膀。

我们让儿子坐茶几旁边的小沙发上，我坐另一张沙发上，伟坐一把椅子上面对着我们俩。

先跟儿子谈的是他想要盘下的小旅店，地址，几个房间，他还都跟我们说了，看来确实有这么一个地方。我们等着他劝我们给他投钱呢，他却说：“其实没意思，不好做，破破烂烂的，来住的都是没什么钱的，赚不了多少钱。就是我爸爸，他想做。没认亲之前，他就想做，想借高利贷把店盘下来，我们什么抵押都没有，谁能借我们钱呢？这旅店的事儿你们就甭管了，每月给我点生活费，帮他们还还钱，也不用去打工，我就挺满意的。”

我们又说起那五十万元的事儿，儿子挺为难地说：“我知道你们是想谢谢我父母，其实也是我要求的，可我爸他不想要，觉得这点钱在上海什么都干不了，怕要了这钱，以后你们就不管我们了。我要是不工作，就算你们一月给一万,四年就四十八万了，你们肯定不会就管我四年吧？”

我和伟都不知道该说什么。

“你什么时候来加拿大看看？”伟问儿子。

“加拿大？”

我说：“你可以两边跑，我们没想让你待在加拿大不管你养父母。”

“你到加拿大随便找个工作就有能力给他们养老了。去看看，喜欢就待长点儿，不喜欢就回国。”伟说。

我和伟轮流劝他，儿子低头听着，然后突然问：“那我爸妈可以去吗？”

我俩顿时无语。

“他们要不能去，我肯定不去！”他说，“我又不会英文，到那儿人生地不熟，还不得全听你们的。我要去，就跟我爸说的那样是自投罗网，就回不来了。”

“你可以随时回来。”我说。

儿子摇摇头："我们仨一起走才成，我一个人肯定不去。我知道你们觉得我傻，多少人想出国都出不去，你们都找上门来了，我还不去。可我一是跟他们有感情，就算我知道我是你们亲生的，我也跟你们亲不起来，你们说我去那儿干吗？二，我是他们带大的，跟你们就不是一路人，跟你们在一起了，你们还不天天改造我，让我变得跟你们一样？我活得好好的，干吗要自找罪受啊？跟他们在一起，我爱怎么着就怎么着，穷成这样了，我要不想上班，他们也愿意养着我，没人逼我上班，我觉得活得挺自在。我就是这么跟着他们长大的，这种日子，我觉得挺满足。三是，到了加拿大，我一切都得从头学，钱是不少，可给资本家干活，人家能白给你钱吗？我干吗要让自己那么累呢。我也不想发财，有吃有穿就行了。以后我爸妈老了，我们回老家，靠你们每月的资助，我们就能过得挺好。"于凯旋说的是实话，但要说他真不想去加拿大玩玩，也不准确。他是自卑、害怕，不敢去应付外面的世界。

"你爸不想回老家。"伟说。

儿子说："那是说给你们听的，他是想让我在上海安家落户，可现在房价这么高，看你们这样，不一定能买得起。你们就每月往我账户里打点钱，其他就甭操心了。"

"我们没国内账户……"

"现在就可以去申请一个啊。"儿子说。

"那行，"我说，"等我们回北京申请一个账户。"

"你们可别等回了加拿大再往这边汇加元，那我什么时候才能拿到钱啊？你可以先跟你父母借钱存到账户里，打到我账户就行。"

伟有点看不下去了："你不是有工作吗？怎么这么缺钱呢？"

"花钱的地方太多，根本不够用。再说，你们要给我生活费了，我就不用去打工了，我早就不想给他们卖命了。”

“年纪轻轻的就不想工作，不对啊。”伟说。

“你们就别教育我了，我都成型了，想改都改不了，还别说我根本就不想改。”于凯旋说的既是实话，也是故意气我们。你们不是想让我工作吗，我就不工作，就让你们养着我。

伟还想说什么，我给了他一眼神，让他别说。然后我跟儿子说：

“好吧，那我们回北京跟姥姥姥爷商量商量，看他们能不能借给我们钱。”

儿子说：“要说定了，我明天就去辞职？”

“你先别辞，等我们回北京后给你信儿。”我说。

儿子挺高兴地点点头：“行，再干两天没问题，那没什么事儿我就走了。”他站了起来往门口走去，看我们跟了过去，就说：“别送了，我认路。”

“要不一起去吃点东西？”伟说。

儿子停下来看着我们：“不用吃了，没事儿你们也赶紧回北京吧，我这儿等钱用呢。“

我的心很凉，看看伟也是。可我还是走过去抱住儿子，他挣扎了一下，还是让我抱住了：“儿子……”我不知道说什么好，只是紧紧地抱着他。

儿子走后，我们通过航空公司改了回加拿大的机票，然后就乘高铁回北京了。

到家妈妈才跟我说，安安的亲爹周荣军一直在打电话，问我们什么时候走，他要给他们家根宝，就是安安带东西，我妈不愿意他打扰我们，所以没告诉他我的手机号。

想想他们失去儿子二十年的感觉，我马上给他打了电话。现在都有手机，超级方便，不像二十年前，还要把电话打到大队部，人家还不愿意给传。

周荣军说有东西要带给根宝，就是安安，怕时间太短寄不到，要给送来。我跟他说我几号走，让他寄快递，肯定能收到。

他问我："你儿子认亲了吧？"

"知道我是谁了，还是愿意跟他养父母过。"

"那、那你不想告诉根宝实情了？"周荣军紧张地问，"让他给你们养老，我们，我们就想见见他，不告诉他实情也行。"

"我们都会告诉他的，你放心。"我说。

周荣军还坚持："真不用告诉他，就说是亲戚。"

刚把周荣军安抚好，儿子电话就打来了，问往他账户里打钱了吗。

我说："刚到家，还没有。"

"你们什么时候回加拿大？"他问。

我告诉他走的日子。

他又说："那得抓紧了，打完钱，给我发个信息。"

我没说话就把电话挂了，然后关机，开始启动我的计划。

儿子看我们几天都没动静着急了，往我妈家打电话。我妈家座机有来电显示，我已经和他们说好，只要是儿子的电话一律不接。

"这办法行吗？"妈妈先质疑。

"应该行。"我说。

儿子天天往我妈这儿打电话，持续不断的电话铃让我们全家精神都处于崩溃状态。

爸爸撑不住了劝我：“多少先给他寄点，我们出，上次他来都准备好了……”

“不给。”我坚持。

还有几天我们就走了，伟也绷不住了：“还是先给他打点钱吧？”

“不！”我说得挺坚决，可心已经开始动摇，这法子要没用怎么办？

儿子一直在打电话，我们一直不接。走的前两天，他就不再打了。听不到那持续的焦虑的电话铃声，我和伟，外加我爸妈，反倒不安了。

爸爸说：“你把他账号给我，我给他打钱！”

“钱应该给，不老给就行。”妈妈也说。

伟也说：“要不我给他打个电话？”

我对他们摇摇头，什么都不想说。

明天就走了，儿子音信全无。老爸老妈再加上伟都在埋怨我，刚找到的儿子又没了。伟还在劝我：“多少给他寄点钱，现在还来得及，保持好关系比什么都重要。”

“不。”

“就寄一点？”

“不！”

“咱提前都说好了，这办法要不行你马上改。”

我不相信这办法不行，可现在看就是不行了，怎么办？我只好问伟：

“你准备给他寄多少？”

“一千吧？”

我看了看他没说话，默许。

这时有人敲门，小阿姨去开的门，然后叫我：“肖璐阿姨，是找你的。”我出来一看，是儿子。

第十七章
动机之谜

17 -

chapter

儿子进来，没问我们为什么没给他打钱，也没问我们为什么关机、为什么不接他电话。他第一句话就是：“我爸让我去加拿大。”

什么？

我赶紧把他拉到客厅沙发上坐下问：“怎么就改主意了？”

他说：“还不是让钱逼的，你们不给我打钱不说，连电话都不接，可能就不想认我这儿子了。我爸就急了，说好不容易认识个有钱人，再让你们跑了，那我们什么时候才能翻身啊。我想想也对，哪有放着有钱爸妈不认的？”

“要上学还要工作，你能吃的了那苦吗？”伟又问他。

“不能吃也得吃，靠你们靠不上，不吃苦怎么办？在那儿待几年，帮家里把债还了，我就回来。回来就算海归了，不定有多少女孩追我呢。”儿子边说边笑，一副做白日梦的样子。

我算准了，因为钱，于木匠不会放过我们。其实用这种办法让儿子去加拿大，我也内疚。但他不想工作，老想让我们养着他，未来只有两条路可走，不是活得入不敷出就是铤而走险犯罪。能挽救儿子的唯一办法就是到加拿大，远离于木匠那些人，我们可以影响他，帮他变好。

明天伟要按时回加拿大，我留下帮儿子办手续。

晚上儿子跟我爸妈在客厅看电视，我帮伟在卧室收拾他的行李。周荣军寄来一个巨大的包裹让我们带给安安，即他们家的宝贝根宝，里面有吃的穿的还有一条金项链。吃的不能带，其他的伟都给打箱子里了。

“怎么跟安安说？”伟说，“凯旋回来，他会觉得很尴尬，得提前跟他解释……”

“实话实说行吗？”

“他要知道他奶奶当年是把他当咱们的儿子还给咱们的，靠欺骗成了咱们的儿子，感觉肯定不会太好，会突然觉得在咱家找不到位置。”

“唉！”我叹了口气，真不知道该怎么说才好。

安安是个非常懂事的孩子，我希望这件事不要给他太大的打击。这世上，我们有很多事不能选择，他不能选择他奶奶不丢孩子，也不能选择他奶奶不把他给我们。但是他能选择以后怎么和他亲生父母相处，怎么和我们相处。不要让我们自己掌控不了的事情影响我们的生活，要用我们能掌控的那部分让自己活得更快乐。我想了想让伟这么跟安安谈。

不知道他以后还会不会把我们当成他父母，会怎么对待我们。

北美离婚率高，最奇葩的遇见过，父母各自带着跟前一任的孩子再婚，共同生下一个孩子后，又离婚，再婚，这孩子简直就找不到归宿。像我们家这种把别人孩子当自己孩子养大又找到自己孩子的事儿还没听说过。

“箱子没超重吧？”伟说。

“称一下，秤在厨房。”

伟一到加拿大就给我打电话说安安恢复得差不多了，已从医院回家，他准备周末跟他谈。我们都不能确定谈后的结果，也许安安不再愿意认我们，自己养大的儿子从此跟我们形同陌路。而凯旋，自己生的儿子又不愿意认我们。这都是冯双青——那个偷孩子的女人一手造成的。

在北京，儿子除了跟着我去办各种手续，或在手机上跟于木匠汇报进展，其余时间就是跟我爸妈坐在客厅看电视，有时也跟他们出去遛遛弯儿。

我妈一见人就介绍：“这是我们家安安，就是二十年前周阿姨丢的那个。”没几天，我们小区的人都认识他了，出门还有人主动跟他打招呼：“你就是那个丢了的安安啊？”

儿子挺高兴还跟人家说：“我现在叫于凯旋……”

还真有人劝他："你不能姓于，你得改成你亲爸的姓。"

儿子心情不错，有点小区名人的感觉，也开始管我爸妈叫姥姥姥爷了，挺好。

爸爸妈妈担心他到了加拿大一点英语都不会怎么办，我爸就跟他说："咱们家能上网，你还不抓紧时间上去学学英文？"

儿子说："以后学的时间长着呢，在这儿还是多听听母语吧。"

星期日伟按我的意思跟安安谈了话，他说安安情绪波动不大，但问得挺详细，整个过程相信他是全部弄清楚了。最后安安问儿子来了，他是不是应该搬出去，伟告诉他不用，他来了你也是我们的儿子，他比你大，你叫他哥哥就行了。

伟在电话里还有点小兴奋："没事儿，安安不会有事儿的，咱们有俩儿子了！"

第二天，北京的早晨，加拿大的黄昏，宁宁来电话："妈妈妈妈，哥哥搬走了！"

"为什么，不是还没好吗？"

"我也不知道，他就留一张条儿说他回学校住去了。"

"着急上学吧？"

"他的房间全空了。"

"什么意思？"

"就是他的东西全搬走了，衣柜书桌全是空的，他是不是给凯旋哥哥腾地方？"

我叹了口气："爸爸呢？"

"他到学校找哥哥去了。"

唉！

伟到学校找安安的结果是，安安希望我们能给他时间让他适应这个变化。

我知道我得赶紧回去了。

终于我们办完全部手续，由于儿子被偷盗的特殊经历，在钟姓警察的全力帮助下，我们很快办妥亲子关系公证。又由于儿子是在加拿大出生，在选区议员的帮助下，加拿大使馆快速办理了他的护照。在护照上，儿子已正式改姓许，但他坚持不改名，我想叫他改成凯旋的谐音——柯尔，他也不愿意，只好随他。

临走前，本来他要回上海跟于木匠夫妇告别，没想到于木匠夫妇连同他们的俩女儿都来了。我要给他们在附近酒店订房间，他们坚决不去，说费钱，要在我们家住。儿子把他的床让给于木匠夫妇，俩姐姐在那间屋里打地铺，他则睡在客厅的长沙发上。

于木匠这么精明的人，他看出来如果儿子不去加拿大，我们很可能就不再管他了。对他来说，没人跟他抢凯旋固然好，但他不能眼睁睁地让我们，他可以从身上捞一笔的人，从他身边溜走。而且他清楚他们不是正常的养父母，他们是人贩子的帮凶，如果我们告他们，他是要坐牢的。看透这一点，他明白如果什么都想要，可能最后什么都得不到，所以他同意让凯旋去加拿大。可是他也担心，如果儿子以后变了，不想再跟他们联系，那他花钱买的、花心血养大的儿子完全指望不上了，他不就亏大发了吗。

所以，他决定带着全家来北京认我们家的门儿。如果儿子能给他养老，那大家就相安无事。如果儿子以后不再管他们了，他也会对我父母做点什么，让我儿子就范。

这点，除了儿子，我和爸妈都看出来了。我觉得特别对不起他们，儿子给他们添了多少麻烦。我爸说没关系，不管怎么着，儿子也应该给于木匠养老，即使他不愿意养，你也应该教育他养。只要他能给他们养老，我和你妈就是安全的。

好吧。

我和儿子回到家，加拿大的家。

我们家是四间卧室，原来是我和伟住主卧，安安和宁宁一人一间，最小的一间是伟的办公室。

我们到家后，伟已把他的小办公室腾出来，放上一张单人床并配上衣柜、床头柜让儿子住。没想到，儿子看上安安的房间了："为什么不让我睡这儿？这间不是也没人住吗？"

"这是安安哥哥的。"宁宁说。

"就是那个假儿子？"儿子问。

我突然为有他这么个儿子感到耻辱。

"不让住就不住，我知道你们跟他比跟我亲，就跟我喜欢我养父母，跟你们没感情一样。可是也不一样，我养父母是从小把我养大的，有养育之恩。这假儿子有什么，要不是你们他现在还在农村种地呢。他已经享受得够多了，现在是你们补偿我的时候了，我住这间行吧？"

"不行，这是他的房间。"我说。

"他现在不是不住这儿吗？"

伟说："他住学校，周末回来。"

“就周末回来，你们还要给他留房子，到底他是亲生的还是我是亲生的？”

“就那间了，嫌小可以住地下室。”我说完扭头就下楼了。

我想爱儿子，可这样的儿子爱起来不容易。

我们回来，安安没有打电话来。我知道他不是不想跟我说话，他是不想在这个时候打电话影响我们一家人的团聚。我打电话给他，尽力说得自然，故意把这些变化不当回事。我让他周末回来见见哥哥，他说他挺忙的，落下的功课要赶上。

“吃完晚饭就走，不会耽误太长时间。”我说。

“再说吧。”他说。

“你不馋我做的红烧肉？”我说。我知道他现在内心一定很痛苦，很不适应，我想宽慰他，想跟他解释，想跟他说什么事都不能影响我们之间的感情，可什么都说不出来，只说让他回家吃红烧肉。

也许他从红烧肉听出来我对他的那份惦念和爱，所以他说：“我再想想……”

这两天儿子一直在睡觉，我要带他去英文学校报名，他不去，老说时差还没倒过来。伟也说我：“别逼得太紧，让他多缓缓。”行，让他缓吧。

又过了两天，他不睡了，自己出去逛，把周围的购物中心全逛熟了。等我再说要带他去报名学英文，他就说：“衣服得换换，以前的全是在批发市场买的，在这儿穿不出去。”

“于木匠不是老给你买名牌吗？”

“那是小时候，”儿子说，“我妈得病以后就没钱买了。”

“你不是工作了吗？”

“我挣那些钱只能穿假名牌。”

“衣服什么时候买都行，英文你得赶紧学啊。”我说。

“学英文不就为了赚钱吗？”儿子说，“我都不着急，你着什么急啊？”

我知道我错了，我不能用我的思维去要求他，我同意第二天带他去买衣服。

儿子别的不行，对名牌衣服鞋可是门儿清。到商店里，从内裤到外套他全挑名牌，安安和宁宁从来就没这毛病，我不想惯他这毛病，就跟他说：“我们家不穿名牌，你要想穿，以后自己赚钱买，咱现在只买需要的行吗？”

我把他带到沃尔玛，“就在这儿买吧。”

“沃尔玛，也行啊。”儿子说。

他这么一说，我又有点于心不忍，估计在国内，他都没在沃尔玛这种店买过衣服。

周六下午，安安还真回来了。我挺高兴，这才叫真正的一家人团聚。可我也有点担心，因为不确定他是不是回来，没有提前告诉儿子说话注意，不要伤害安安。

安安一进门，我就叫儿子：“来来，凯旋，安安回来了。”

儿子过来看着安安跟我说：“安安不是我的名字吗？”

“你现在不是叫许凯旋吗？”

“他不是叫什么根宝吗？”儿子看着安安说。

安安笑了，挺难受的那种笑：“不好意思用了你的名字。”

这场面有点尴尬，我赶紧打岔：“安安，我今天要做红烧肉、炒虾仁、麻婆豆腐、拍黄瓜，你还馋什么？”

安安摇摇头。

“你怎么没问我喜欢吃什么。”儿子说，“你还是跟他亲。”

“噢，差点忘了，”安安站起来跑到门厅把他的背包拿了过来，从里面掏出一个包着礼品纸的小盒递给儿子：“送给你的。”

儿子拿过盒子：“什么呀？”

“手机，iPhone。”安安说。

“什么？”儿子没听懂。

宁宁说：“苹果手机。”

“哟，哪儿来这么多钱啊，儿子？”伟说。

“打工挣的，我上网查的，国内人最喜欢什么礼物。”

儿子把盒子打开，拿着手机，感动得有点热泪盈眶的意思：

“我知道你是觉得对不起我，你从小在这儿长大，吃香的喝辣的，还上了大学，把我该享受的你都享受了，想还给我点情儿。其实你不用这样，又不是你想抢的是吧？”

安安很尴尬地笑着点点头。

“你每周末都回来？”

安安又点点头：“以前是，以后就……”

“就不回来了？”儿子问。

“干吗不回来？”伟说，“当然要回来。”

“我那么远从中国到这儿，他们让我住那间最小的房子，你就周末回来，他们还非把那间大房留给你。”儿子说完看了看我，又看了看伟。

“我都腾空了，你住吧！”安安说。

“真的？”

“真的，”安安看了看我和伟，“我帮他搬过去，没事儿，以后我回来住那间小屋。”

“你还回来呀？”儿子说。

我实在忍无可忍，站了起来朝儿子嚷嚷起来：“他为什么不能回来？他是我儿子，这是他的家！”

“妈妈别这样。”安安扶着我肩膀，想让我坐下。

“妈妈……”宁宁也说我。

“凯旋是有点不像话。”伟说。

“我知道你们看不上我，嫌弃我，觉得我给你们丢脸，我第一次上北京见你们我就看出来了，可又不是我自己让于木匠养我的，还不都是你们的错。你奶奶……”儿子指着安安说，“给别人带孩子不负责任，把我给弄丢了，又拿你顶我去了加拿大。其实丢了赶紧报警还能找到，二十年前没几个人拐卖孩子，你们也是，”儿子又指着我，“连自己的孩子都不认识！这错是你们犯的，现在你们都看不上我，我招谁惹谁了？”儿子说完，蹲到地上不说话。

厨房里一片沉静。

安安朝院子里看看：“还没割草呢吧？”

伟歉意地笑着说：“还没呢。”

“我去割。”安安说完打开门去了后院。

“对不起。”我对儿子说。

他站了起来：“光说有什么用？你们得补偿，得挽回，得将功赎罪！”

第十八章
烙印

18 –

chapter

安安临回学校前帮儿子把东西都搬到他原来的房间，走的时候他跟儿子说：“有些事儿咱们决定不了的，就让它过去吧。咱们把自己能决定的事儿做好就行了。”

“你知道中国有句话叫站着说话不腰疼吗？”

安安摇摇头：“不懂。”

“就是，”儿子说，“就是你该享的福都享了，所以劝我别计较。可是苦都让我一个人吃了，我能不计较吗？”

“什么叫吃苦？”

“就是在农村吃不饱穿不暖，没学上……”

“不会吧，中国现在不是很好吗，你养父母不是很爱你吗？”

“行，不跟你说了，你就一老外，以后对我好点儿。”

“我会的。”

听听，儿子就是这种人。

安安要回学校了，儿子在摆弄他的新手机，我和伟还有宁宁跟着安安到他车旁边，像往常一样，他跟我们每个人都拥抱告别，然后说：“我最近先不回来了……”

“为什么？”宁宁问。

“也没什么。我，我想回一趟国，去见见我爸爸妈妈。”

“现在？”我问。

他点点头。

“跟他们联系上了？”伟问。

安安点点头：“他们在电话里又哭又笑，劝我别回去，可我还是想去看看他们。”

“那你的功课怎么办？”伟问。

“假期再给补回来。”

“你等会儿。”我跟他说，然后快步进家里拿上我的包就往外走，坐厨房桌边玩手机的儿子抬头看了看我，没说话。

我从钱包里拿出一张银行卡递给安安：“拿着，回国需要钱。”

安安不接：“我有钱。”

“拿着，”伟说，“你能有多少钱啊。”

宁宁把卡接过去塞给安安：“拿着吧！”

“密码就是你的生日。”我说。

“妈妈，”安安说，“对哥哥好点儿，他需要时间适应这儿，我觉得，觉得挺对不起他的，我奶奶，唉！”

“别再怪奶奶了，她觉得对不起我，又对不起你父母，那么早去世都是因为这事儿闹的。”

安安开车走了，在车里向我们挥着手。

“妈妈，我觉得安安哥哥说得对，咱们真得对哥哥好点。”宁宁挽住我的胳膊轻声说。

“怎么好？”

“我也不知道，我就觉得他特别可怜。”

“他可怜？”伟说，“他觉得我们欠他多少似的，他还可怜？”

伟说出了我想说的话，儿子天天在指责我们这个不对那个不对，我觉得我最可怜了，看他这么不懂事，我老自责。

宁宁说：“我这几天一直在网上看国内拐骗小孩的事儿，有的小孩被打断腿，还有的被割了舌头，这些伤害我们都能一眼看出来，所以特别可怜他们。哥哥被教育成了这种人，老想索取，别人不会总满足他，如果他不改，他一辈子都不会快乐。你们不觉得他可怜吗？”

“那你说怎么办？”我问她。

伟也说：“他想要什么就给他什么？”

我们三个站车道上正说着，儿子出来了：“那安安不是都走了吗，你们怎么还不进来啊，说我坏话呢吧？”

我们进到屋子里，“你有什么让我们说的？”伟问他。

“哥哥，”宁宁赶紧打岔，“会弄了吗那手机？”

儿子没理宁宁，直接跟伟对上话了：“多了，生活习惯你们就看不上，懒，不上进，尤其是跟安安比，他多懂事儿啊，他是你们带大的，怎么看他都顺眼。再看我，无理取闹非要他的房间，一分不挣还想穿名牌。可这能赖我吗？”

“赖我，都是我的错。你说吧，我们怎么做你才能感觉好点儿？”我说。

“对，怎么做你才不再埋怨我们？”伟也说。

儿子看了看我们说：“其实你们知道……”

“我也知道？”宁宁说。

“你不知道，他们知道。”

我在厨房桌边坐下，拍拍旁边的位置说：“儿子，你坐这儿，咱们今天把话都说清楚，你到底需要我们怎么做你才满意。”

儿子，伟和宁宁都坐下了。

“你别在这儿，跟你没关系。”儿子跟宁宁说。

宁宁说：“我就想听听。”

“我不想让你听。”

宁宁看了看我们，只好起身上楼了。

看宁宁走了，儿子才说：“帮他们还债，给他们养老，每月给我生活费，我不想上班，上够了。因为你们，我受了二十年的苦，我现在就想享福……”

“为什么不让宁宁在这儿？”我问。

“你甭管，她听不懂。”

“我们要给他们五十万帮他们还债，盖房，他们不是坚决不要吗？”伟说。

“我爸不要是他想让你们每月都给我钱，管我一辈子。现在你们没帮他们还债也不给我钱，还如你们所愿把我弄加拿大了。我们农民再有心眼儿，也算计不过你们。”

“如果你想让我们现在就把那五十万人民币给于木匠，可以。但你得工作，给他们养老也是你的责任。”我说。

“就是，怎么年纪轻轻的就不想工作？”伟说，“你来不就是要挣钱帮他们还债吗？”

儿子站起来：“不跟你们说了。这可是你们问我的，你们怎么做我才能感觉好点，我以为你们终于想明白了呢，闹了半天还是转着圈地教育我。”

“坐下坐下，有话好好说。”伟说。

“没来之前，我真以为你们多困难呢。来了才知道，你们小洋楼住着，一家四口有四辆车，这在国内就叫大款。我都不明白你们是怎么想的，丢了二十年的儿子好不容易找到了，还不赶紧的想要什么给什么，这么做，你们心里也好受点是不是？还非逼着我去打工？”

我不知道怎么跟他说，告诉他我们刚来时也是一穷二白，现在的一切都是我们奋斗二十年的结果，他能听进去吗？告诉他安安和宁宁都是十五岁就开始打工，他信吗？

看伟不说话，我只好说：“那你说吧，怎么办，你要愿意我们现在就可以把钱给于木匠，你在这玩玩就回国不用打工了。”

“那你们以后就不再管我了？”

“是。”伟说，“我们调查过了，这些钱足够他们还债和在老家盖房的。”

“即使我们想管也没这个能力了，我们需要用这房子做抵押跟银行贷款才能凑够这五十万，以后我们每月都要还贷款……”我说。

伟说：“即使我们有能力，也不会养着你，跟你说了多少遍了，年轻人不能闲着，给养父母养老是你的责任。”

“跟你们说不明白，”儿子说，“你们不是想让我打工吗，行，我明天就开始！”说完就上楼到他房间，“砰”一声把门关上。

我和伟都没明白儿子怎么就从“我们不该逼他打工”到“他明天就要开始打工的”。

他不是想打工吗，我和伟马上就动手帮他找工作，我托朋友，伟上网，还真帮他找了几个工作。

第二天一早我在做饭，看儿子下来了就跟他说，给他找了几个工作，有工厂包装工、购物中心清洁工、搬运工，等等。

他说：“怎么都是体力活儿啊？”

“你英语不行只能干这个，”正吃着早餐的伟说，“这是我和你妈弄一晚上才找到的。”

“你喝奶还是豆浆？”我问他。

“奶。”儿子说。

“那你到底想怎么着啊？”伟把筷子放到桌上问他。

“我能怎么着啊，不会英文，又没钱……”

我说：“你可以先学英文，也可以边学英文边打工，也可以直接去打工，你自己定。你定下来，我和你爸就帮你，好吧？”

“你们是怎么回事儿啊，开始是什么都帮我决定，现在又让我自己定，我初来乍到，什么都不知道怎么定啊？”

刚吃了几口饭的伟又停下来看着儿子，马上就要发火的样子，他平时轻易不会发火。

“行，你不是让我们定吗，你现在直接插班进这儿的高中，然后上大学，上不了大学上大专。”伟说。

“那我还是工作吧。”儿子说。

填好的几份表格我让儿子看看，他瞄了一眼说：“看不懂。”

“你英文名字叫Cole……”

“你们说叫什么就叫什么。”

在网上投的表格让他看完就帮他投了，需要寄的带着他去寄了，需要直接送去的也带着他送去了。

“行，”我边开车边跟他说，“咱们就等消息吧。”

“这儿干活特累吧？”儿子问。

“哪儿干活不累？”

“我在上海干的活就不累，没定额，监管的在就干得快点，他不在我们就慢慢干，钱也没少挣，还真不累。从我一开始工作，我爸就教我挣钱别那么拼命，又不是给自己家干活，挣钱是目的，怎么把钱挣到就行。”

“所以于木匠老赚不了大钱，老板又不傻。”

“我觉得挺好，不累还能赚到钱，为什么不好？我知道你看不上这个，可我就这样了，三岁看老，我都二十了，定型了，改不过来了。我也不想干什么大事儿、享什么大福，有吃有穿，跟大多数人差不多就行了。”

这就是我儿子！我有一肚子话想教育他，怕他反感，只能非常违心地强迫自己说：“只要不犯法，我尊重你选择的活法儿。”

“那行。”他挺高兴。

想着儿子这么多年虽然被于木匠一家惯着，但他们家经济上也没怎么富裕过，所以我说：“要上班了，我带你去GAP买几件衣服。”

“你终于想通了？”儿子说。

“想通什么？”

“亏欠我太多，该补偿补偿我了。”

我做好准备，不管他挑多少件衣服我都给他买下，没想到他一共才挑了三件。

我问他："怎么才这么几件？"

"这就够了。"

"你不喜欢GAP？"

"喜欢，在国内尽穿假GAP。"

"那你就多挑几件吧！"

"够了，回家洗了，马上就能烘干，第二天还能穿。"

"要不咱们再去别的店看看？"儿子这样，我心里挺难受的。

"不用。"

我一个朋友的老婆小贾在一家包装厂上班，正好赶活，就通知儿子去上班了。刚去上班他还挺高兴，给他养父母打电话，说他找到工作了，马上就可以给他们寄钱了。

第一天下班回来，宁宁还问他："哥哥，怎么样啊？"

"挺好的，工厂也没比国内高级到哪儿。"

"等你以后英文好了，我可以介绍你到我们店打工。"宁宁说。

她在一家超市当收银员，因为明年就上大学了，学习特别忙，现在每周大概只上10个小时的班。

"那可得猴年马月了，"儿子说，"家里也不缺你那点钱，你打什么工呢？"

"财务自由啊，"宁宁说，"我想买什么就买什么，不用让爸妈同意。"

"以后我挣多了，我给你钱，你就不用打工了。"

"以后找工作也要看打工经历呢。"

“噢。”儿子点点头。

每天早上我送儿子去上班，晚上他跟我朋友的老婆小贾回来。我以为儿子慢慢适应这儿了，再过一段他可能会要求去学英文，然后去读大学。

没想到，还不到一星期，也就四天吧，晚饭的时候，他就说：“这活我干不了……”

我和伟还有宁宁都抬头一起看着他。

“为什么？”宁宁问。

“太累。”

“刚干是不是不太适应？”伟说。

“也不是适应不适应的事儿，包装就是累活儿。”

“那，小贾阿姨不是干了一年多了？”我说。

“女的包装不累，男的累，那老外一个个都膀大腰圆的，我不行，真干不了，每天下班腰都直不起来，怕你们担心，一直没跟你们说，还是先去学英文吧，英文好了，就不用干这么累的活了。”

“你不是要帮你养父母还债吗？”伟问。

“我跟他们商量了，我爸说，这么累的活还是辞了好，为挣几个钱把身体弄坏了不值。”

“没关系哥哥，那你就先去学英文。我教你怎么说辞职，你明天可以自己试着打电话辞。”

儿子摇摇头：“以后吧，还是让那小贾阿姨帮我辞吧。你们是不是觉得我特不能吃苦？”

“什么是吃苦？”宁宁问。

“又一个老外，”儿子说，“安安也不知道什么是吃苦，这儿的孩子真享福。”

“但他们比你能吃苦，”伟说，“安安上初中就开始工作了，冬天帮人家铲雪，夏天帮人家割草，宁宁是帮人家摘樱桃，站大太阳底下帮人家卖草莓。”

伟最近表现相当给力，总是说出我想说的话。

儿子没说话，宁宁问他：“这就叫吃苦？”

“不说了，跟你们说不清楚。”

“那怎么着，就不干了？”我问儿子。

“嗯，”儿子说，“这四天的钱他们能给结吗？”

“人家不会要你钱的。”伟说。

“哟，这四天差不多小两千人民币呢。要不是真干不了，我还真想干呢。”

“那明天就去英文学校报名吧。”我说。

“别别，刚干完几天体力活得休息休息。休息好了，才能学得进去东西呢。”儿子说。

“你要真想读书就直接去高中读，然后再读大学至少大专……”伟说。

“别跟我提读书，一说这费脑子的事儿我就抑郁，觉得生不如死。”

“你准备休几天啊？”我问儿子。

“至少还不得一星期？”

“行，一星期不够可以休两星期，你确实太瘦了，在家我帮你补补，想吃什么告诉我，我给你做。”

“哥哥，我也可以在家教你英文。”

“你要想学开车，我可以教你，也可以给你报驾校，你定。”伟也说。

“干吗呀？你们对我这么好，商量好的吧？”儿子说，“你们一对我好，我就觉得前面有个坑，你们想让我往里跳。”

第十九章

安定

19 –

chapter

儿子真在家足足待了两周。

这两周，宁宁天天教他一点英文，她觉得他还挺灵的。那就行，我儿子智商应该不低。我天天做他喜欢吃的，他也挺高兴，有时会到厨房帮我，还教我做于木匠老家的菜。

“你还会做饭？”我问他。

“有时看我妈做饭，我会去帮帮她。”

“不是有俩姐姐吗？”

“她们在的时候都是她们帮，她们去上海打工，我有时就帮帮我妈，尤其是做我爱吃的东西时，我就愿意帮，想知道是怎么做的，也想先吃到。”儿子说到这儿，呵呵地笑了。

虽然他还是那么瘦，两肩往上端着，和在国内时没什么大的区别，可我对他开始有了儿子的感觉，亲近了一些。

儿子看我不说话又接着说："可我爸不愿意让我帮我妈做饭，他老说男孩子爱做饭没出息，男人是一家之主，女人就应该伺候男人。"

"那你没跟他说，你妈不是也在打工吗？"

"我不跟他讲这些，也讲不过。他不在家的时候，我还是帮我妈做饭。"儿子说完，又"呵呵"笑了两声。

"他们俩谁更喜欢你？"

"都挺喜欢的，我妈惯着我，吃的穿的只要我要，只要她有钱，她都给我买。其实她自己也喜欢穿，她都买最便宜的，就这样我爸还说她爱乱花钱，我妈也不敢跟他顶。她生了五个都是女孩，就觉得欠我爸什么似的，在家都听我爸的。我爸呢，就希望我有出息，能赚大钱，能给他在人前挣面子。就他教我的那些怎么偷懒、怎么糊弄管事儿的，这辈子都发不了财，谁比谁傻啊……"

"你知道啊？"

"这能不知道嘛。"

"那还不改？"

"不改，我不想挣大钱，就这么做一天和尚撞一天钟挺好，不那么累，也没饿着。"

"唉……"我在心里哀叹着。

伟天天教他开一会儿车，也说他学得挺快，很专心。这两周，儿子看起来心情不错，每天都打电话跟于木匠汇报。我们也挺高兴，终于可以证明是我们的儿子了。安安说得对，儿子需要时间适应我们、适应加拿大。

只是儿子一直没开口叫我们，有事儿比如想出去了，就走到我们面前说，“我出去一会儿。”

不叫就不叫，我倒是不太在乎这个。

两周就这么平静地过去了。

可儿子不能老这么待在家里。周末，我跟他商量学英文的事儿。“怎么着，星期一咱们就去英文学校报名吧？”

“在家待得挺舒服的，什么也没少学。”

“你不会就想在家待着了吧？”我说。

“想是想，你们也不让啊。”

“你不是想挣钱帮你养父母吗？”

“他们不着急……”

“哥哥，你要真愿意在家学英文也行，那就得真学了，原来那么教你是托儿所水平，不太适合你。”

“我觉得挺好的。”

“你能不能有点事业心啊？”伟在旁边听得直着急。

“不懂，从来没往那儿想过。”

“你小时候梦想干什么？”宁宁问他。

“我，”儿子作思考状，“我老做梦我爸是个大老板，有很多钱，我想要什么就有什么。”

“那就自己实现呗。”我说。

“不用，我现在不想那么有钱，那得多累啊才能赚那么多钱。”

“不想那么有钱没关系，”伟说，“那也得有个工作啊。”

“我就知道你们是嫌我吃闲饭了，我爸妈养了我二十年，你们这才养了我几天啊，还老说是我亲爸亲妈。”

“就因为是你亲爸亲妈，才让你赶紧独立呢，我们不可能养你一辈子啊。”我说。

“你们不在了，我还可以跟宁宁过，她对我好。”

“我肯定不会养着你。”宁宁笑着说。

“行了，明天跟你妈去英文学校报名。”伟说。

“我不去，我还没休息够呢。”

“哥哥你得学英文，要不你在这儿连门都出不了。”

“那我再歇俩月？”儿子说。

“不行，你英文不行，连驾照都没法儿考。”伟说。

“我不急着考那个，我谁都不认识，考完也没用，再说我也没车。”

“你可以开我的车。”宁宁说。

安安和宁宁他们一上高中，我们就给他们买车了，几千元一辆的二手车。

“你那是女孩开的车，我不开。”

“你赶紧去上英文课，考到驾照我们给你买辆车。”伟说。

“真的？”儿子乐了。

“真的。”伟说。

“那我再待一周就去报名。”

回到卧室我就说伟：“谁同意你给他买车的？”

“那你说怎么办，他越待越不愿意出这个门？”

“你说他是咱们儿子吗？”

“我哪儿知道啊，反正不像我。”

“也不像我，有时候我真觉得还不如没找到呢。”

“你以为我没这么想过？”

“物质利诱我觉得对他不好，他跟安安宁宁不一样，他们是有辆车开就行。他可不行，还不得让你给买辆宝马？”

“还宝牛呢，走一步算一步，先把他推出家门再说。”

“这于木匠怎么就把他给养成这样？”

“你干了快二十年辅导青少年心理的事儿，怎么跟他你就什么都说不出来啊？”

“我不知道说什么能跟他对接上，比如他现在不愿意去学英文，觉得咱们就该养着他，你觉得我跟他说，人应该独立，不应该依赖别人，他能听懂吗？他嫌累辞了工厂的活，我跟他说这正是锻炼他的好机会，他能接受吗？我要这么说他，我都知道他能说什么。”

“他说什么？”

“他肯定说，你们还嫌我吃的苦不够，我早就开始打工了，我什么没干过，我不用锻炼，你说他会不会这么说？”

伟点点头：“我发现血缘基因都是胡扯，后天教育决定一切，用咱俩儿子的经验就能来篇轰动世界的论文。安安要不是跟着咱们，也许就跟儿子一样很早就开始打工，然后娶个媳妇回老家盖栋房，这就是他的一辈子，压根儿就不会想到国外上大学，学好几门语言，满世界都有他施展的地方。再看咱们的儿子，哼！”

“那你说有些生在比较贫困农村的小孩，其实挺聪明，也有潜力，就是没机会，这辈子就满足吃饱了不饿是不是挺可惜的？”

我们俩正说着，突然电话响，一接原来是安安：“在哪儿呢？”我问他。

“学校啊。”

“怎么这么快就回来了？”

“他们催我回来……”

“他们？”

“就是我爸妈，国内的爸爸妈妈，他们怕耽误我学习……他们给你们带了好多东西，我这两天就寄给你们。”

“干吗寄给我们，你不回来了？”

“我，我回来后挺忙的，要赶落下的课。”

“那我们去看你……”

“哥哥怎么样，听宁宁说开始适应了。”

“还行吧，我们周末去看你！”

“不用。”

“那你什么时候回来？”

“我？暂时先不回去了吧。”

不知宁宁和安安是怎么通的话，反正宁宁第二天吃早饭的时候跟我说，她周末要自己开车去看安安。

她说：“他要不想回来就不回来，我要是他我也不想回来。”

“为什么？”儿子问，“因为我占了他的地儿了？他可真不应该这么对你们，好歹你们也把他当宝贝养了二十年，怎么也应该给你们养老，像我对我养父母那样。”

“你们俩不一样。”我说。

儿子没说话，啃了一口手中的面包片然后说：“我知道你想说什么，其实你们就不该回国找我，现在谁都不舒服，我爸妈养了半天的儿子没了，你们养了半天的儿子也没了，我跟你们在一起觉得受罪，你们看着我也不待见，你们说图什么呀。”

“你儿子丢了你不找？”宁宁问他。

“我要有孩子了，我二十四小时看着他们，绝对不会让他们丢了。”

“你不是我们丢的。”我说。

“不管谁丢的，反正我丢了。好不容易找回来，还看我什么都不顺眼。”

伟说：“你还年轻，有些不好的习惯可以改。”

“你要像于木匠那么活着根本就没前途，不但一辈子什么也干不了，而且连自己都养不活。”我说。

“你们就是瞧不起农民，要真觉得我就是烂泥扶不上墙，那我就回国了，你们就当没我这儿子。”

我硬着心肠说：“你愿意什么时候回跟我们说一声，马上给你订机票。”

“妈妈……”宁宁说。

伟说：“我同意你妈妈的，十八岁以后可以有权决定你愿意跟谁生活，认谁当你爸妈，我们不强迫你。”

“周末，我们跟你一起去看安安。”我跟宁宁说。

“他不是你儿子！”儿子说。

“谁是我儿子？”我问。

儿子不说话。

周末，安安看到我和伟都去了，还挺惊奇的，是我让宁宁先别告诉他的。看他屋里那么乱，我习惯性地帮他收拾，他说：“妈妈，你别管了，你越帮我，我越不舒服。”

“有什么不舒服的？”

“我也不知道，就是觉得不应该。”

“妈妈，”宁宁说，“哥哥要不愿意，你就别管了。”

“那好吧。”我只好不再收拾。

“哥哥，你不是说给我们带好多礼物吗？”

“对对对，”安安说着就把放地上的箱子打开，“这都是……”

“他们跟我说，以后别老回去，怕你们伤心，他们让我给你们养老，我都不懂什么是养老。他们说他们挺好的，钱都花不完，以后我结婚他们还要给我钱，他们就觉得对不起你们……我说了，你们早都原谅奶奶了，他们就说你们是好人，让我好好对你们。”

“以后让他们过来玩吧。”我说。

“我说了，他们说不过来，让我经常给他们发相片就行。”

宁宁拿出一件中式土布棉袄往自己身上比着：“这是给我的吧？”

“这是给妈妈的，还有一件差不多的，就是颜色鲜艳一点的是给你的。”

安安一直还叫我妈妈，我知道他跟我们有感情，只是现在的处境真挺难为他的。

“哥哥怎么没跟你们一起来？”安安问。

“他不想来，不想来就不来，我们也没劝他。”伟带着怨气说。

安安习惯性地拍了拍伟的肩膀：“要不把安安这名字还给哥哥吧，我还叫根宝吧？我回去，他们都叫我根宝……”

“不！安安就是你，你就是安安，他还是叫凯旋好些。”我说。

“妈妈，这卡还给你。”安安把银行卡递给我。

“你留着用吧！”我不接，“你以后有什么事儿也不会跟我们说了，就把这些钱留给你吧，有个急用什么的。”

“留给哥哥用吧，”安安还是坚持把卡塞给我，“我得到的够多了。”

“你肯定一分都没用。”

“我有钱。”

不知为什么，我突然抱住安安哭了。

安安拥着我：“妈妈，别这样，哥哥需要花钱的地方还挺多，留给他吧。”

回来的路上，宁宁开车，伟坐她旁边，我坐后面。很长时间，我们都没说话。车外的田野、房屋不断地向身后闪去。我心里空空的，自己养大的儿子跟我们生分了，好不容易找到的儿子这副样子。

“你觉得儿子会决定回国吗？”我问伟。

“我觉得不会！”

“我也觉得不会。”宁宁边开车边说。

“为什么？他不是说了吗，这种认亲对谁都没好处，那我们都回到原来不就行了吗？”

伟说：“你觉得于木匠能放过咱们吗？他不要咱们的五十万人民币，就是有大头还在后面呢。”

“哥哥也不愿意这样回去。”

“可老想混日子也不行啊。”我说。

“他不是还要在家待一周吗，咱们从明天开始全用英文对话行吗？”宁宁说。

“行，我觉得挺好，你觉得呢？”我问伟。

“可以试试。”

我们三人刚进家，儿子就特激动地迎了上来："好消息！"

"好消息？"

"你们猜什么好消息？"

"你中大奖了？"宁宁说。

"没有，我从来不买那个，我就没那好命。"

"那是什么？"伟问。

"我找到工作了！"

"啊？"我们仨异口同声。

"特惊奇吧？"儿子得意地说，"我一高兴给你们做了几个家乡菜，都好了……"

"什么工作？"我问。

"待会儿再说，"儿子说，"咱们先吃饭，尝尝我做的饭怎么样。"

伟挺高兴地搂着儿子肩膀说："还真有两下子。"

"你以为呢。"儿子相当得意。

饭桌上，儿子自己不吃，一直盯着我们仨看。

"哥哥，好吃。"宁宁说。

"真的假的，安慰我呢吧？"儿子不自信地说。

"真好吃。"

儿子乐了，又看了看我和伟。

"不错，"伟说，"真不错，你上过烹调班？"

儿子笑着摇摇头："我没钱上那种班，我爸不让我学那个。"

“为什么？”我问。

“他说学那个没用，以后回老家也不开饭馆。”

“为什么回老家不能开饭馆？”伟问。

“回老家他还是愿意我跟他学木匠，好吃吗？”儿子问我。

我点点头：“太好吃了！”

儿子特高兴：“那我以后天天给你们做饭！”

“你还没告诉我们呢，你找到什么工作了哥哥？”宁宁问他。

“猜猜猜！”儿子说。

“发广告？”伟说。

儿子摇摇头：“不是。”

“清洁工？”我说。

“再猜。”儿子说。

宁宁说：“洗车？”

“不是！”

“那到底是干什么呀？”伟问。

我听出伟语气里的担心，其实我也担心，他能找到什么工作呢，别是搞传销吧？

“餐馆。”儿子说。

“餐馆？”我们仨又是异口同声。

儿子很认真地点点头：“我今天出去遛弯儿，看见一家中国餐馆贴着招人启事，我就进去应聘，他们就让我填表，说要是需要就给我打电话。你们回来前，他们打电话让我明天就去上班。”

宁宁说：“你好棒！”

“还行啊你。”伟说。

儿子一脸掩饰不住的得意。

“餐馆几点上班？”我问。

“他们让我从下午三点干到晚上十一点，洗碗工。”

“那你可以上午去学英文……”我说。

“英文就先别学了，”儿子说，“干吗弄那么累啊！”

第二十章

要结婚

20 -

chapter

怎么办，儿子就是不愿意学习。

伟一眼就能看出我在想什么，所以一回卧室就劝我：“知足吧，他能走出咱家这大门我就挺高兴。”

“咱们就眼睁睁地看着他这么混，什么也不说？”

“说多了，他理解不了，还觉得咱们看不上他。先让他到餐馆干干，能养活自己就行了，别期望太高，又不是咱们带大的，不酗酒不吸毒就行了。”

“你说我要痛痛快快把他说一顿是不是效果会更好？”

“你想说他什么呀？”

“没上进心，没追求，得过且过……多了去了。”

“哼，”伟皮笑肉不笑地哼了一声，“他跟咱们三观都不一样，说了也是白说，他还得笑咱们，还上进心？还追求？纯粹是吃饱撑的没事儿找事儿！”

“那咱们一说让他自己定愿意在这儿还是愿意回国，他不赶紧就去找工作了？”

“因为他还没挣到他们家需要的钱，所以他没法儿回去，得打工。”

“行，那就让他先打工吧，总比在家闲着好。”

“就是，也许干着干着发现英文还挺重要，他自己就主动去学了。”

“你觉得他在餐馆能干长吗？”

“还真不知道。”

“不想干就学英文去，不能老在家待着。”我说。

第一天上班，我本来要等到晚上十一点去餐馆接他。儿子打电话说有人能顺路把他送回家，让我早点睡，别来接他了。我挺感动，儿子还是挺懂事的。

第二天，快上班了，儿子才起来。我问他：“怎么样啊，累不累？”

“都动不了了，”他一手扶着腰说，“这外国的资本家可不是逗着玩的，一点懒都偷不了，真够狠的。”

“适应就好了。”

“适应？我这辈子都适应不了。赶紧帮我爸妈把钱还了，我就回去了。”他说完看看我，“是你们说的我可以回去。”

我……

每天我送他去上班的时候他都跟我抱怨，老板盯得太紧，其他人又欺负他。“要不是因为别的干不了，我早辞了，干活拿钱，凭什么受他们气？你说我怎么就这么倒霉，点这么背，明明出身挺好，还把我给弄丢了。丢就丢吧，我过得也不错，还偏把我找回来了。找回来倒管我啊，还不管，我还得自己打工，电视剧都演不出这么虐人的情节，真的。”

“你可以不打工啊，”我说，“我们帮他们还钱，你在这儿玩几天就回去。”本来让他来加拿大是想帮他变好一些，现在我已经放弃了，跟伟一样，对他的要求就是不酗酒不吸毒就成。

儿子说：“我也想这样，可惜就是我爸不同意，他老觉得你们把钱一给我们，以后甭说我结婚、买房指望不上你们，就是我不工作，想让你们每月补补也不行了。”

“我们不可能管你，让你打工是为了你好，我不信你不明白这个。”我边开车边说。

“为我好？这事儿要发生在电视剧里，肯定是这儿子要什么给什么，家长觉得对不起这儿子啊。然后儿子一感动，原谅了他们，这多好，阖家欢乐。电视剧为什么要这么编，很简单，因为这么做对，符合中国国情。”

“中国国情？”我笑了，“国内报道说很多找到丢失二十多年的成年子女，很难在一起生活了。”

“不跟你说了，说不清楚。我知道你们瞧不上我，觉得我没出息，其实我是看透了。我看过这么一笑话，不知道你听说过没有，一富翁在海滩淋浴阳光，劝在沙滩上晒太阳的乞丐去城里打工，说打工就能赚钱，赚了钱就能到处旅游，能到海滩晒太阳，乞丐就问你以为我在干什么呢，我不用像你们那么拼命赚钱，我不是也同样在海滩晒太阳呢吗？我就愿意当这乞丐，够吃够喝就行了，那么拼命干什么？”

我笑了笑：“我还真听过这故事，还给它往后续了。”

“怎么续的？”

“富翁和乞丐刚聊完，就下大雨了，富翁马上回到酒店，乞丐只能躲到树底下。雨后，富翁就和乞丐说，咱俩的差别就是我有住房子还是躺在沙滩上的选择，下雨的时候我可以躲房子里，出太阳的时候我可以躺沙滩上。你没有，下雨的时候你只能躲树底下，你说咱俩能一样吗？怎么样，这么编符合实情吧？”

儿子没说话。

“社会应该帮助老弱病残，但身强力壮的人好逸恶劳，一旦有什么事儿就让别人帮助，这其实是做人的耻辱。”

儿子看看我还是没说话。

“我看国内新闻，有的大学生在学校里拉出横幅要求女孩裸婚什么的，裸不裸婚是女孩自己的选择，天天躲寝室玩游戏还要求别人裸婚，你觉得合适吗？”

“我，我，我拼力气拼不过人家，又没上过什么学，什么也干不了，不饿肚子就行了，知足者常乐。”

“问题是你乐不长啊，家里出点事儿就得求爷爷告奶奶跟人借钱。再说了，身体不好，可以锻炼，没学历，可以学，你不是才二十岁吗，有人一百岁还开始学外语呢。”

“找到你们以后，我们就不用跟别人借钱了。我要真有事，你们能不管我吗？”

没出息！

“那我们要不在了呢？”我说。

“那不是还有宁宁和安安吗，他们肯定能管我。”

“他们以后也有他们的家，不可能老管你。”

“他们特别同情我，我能看出来。”

“你什么毛病都没有，干吗要依赖他们呀？”

“想有毛病还不容易……”

我无语。

后来几周儿子好像干得还不错，送他去上班的路上他也不抱怨了。只是有时说顾客太小气，小费给得特别少，有的waiter怎么去治那顾客。我感觉他跟大家熟了，处得也挺好，时不时嘴里还蹦出几个英文词儿什么menu、napkin……每星期一休息的时候，还坚持跟伟学车。第一次发工资，儿子请我们去他们餐馆吃饭，还给宁宁买了礼物——一只玩具熊。

我心里小小得意，毕竟是我儿子。伟也踏实了：“只要他愿意，就在餐馆干也行。”

还没高兴两天，有一天早上伟起来发现车道上停着一辆玫瑰红的车，他问我：“这是谁的车啊？”

“什么车？”我凑过去一看，“是不是宁宁的同学？”

宁宁正好背着书包下楼：“什么同学？”

“外面那辆车是不是你同学的，昨天晚上在这儿过夜了？”

宁宁去看了看笑了：“我同学？没有。应该是哥哥的朋友。”

“男的不会开这种颜色的车，”伟说，“行呀，儿子有女朋友了。”

快到中午的时候，我正在厨房做午饭，儿子带着一娇小秀气的女孩下楼来介绍说：“这是我同事朱小丽，英文名字是Lily，百合花的意思。”

“你好！”我跟她点点头。

“阿姨，”朱小丽说，“你们家条件这么好，怎么还让他去打工啊？”

我一听她这么说就知道她一是刚来加拿大，二没什么文化，三家庭教育也不好。

“这儿的孩子不是都打工吗，跟家里条件好不好没关系。你是刚从国内出来的吧？”

“也不是啊，我都出来快一年了。”

“来，坐下吃饭吧。”我招呼他们俩，“你是出来读书？”

朱小丽坐下来点点头：“我爸妈他们找中介办的，不是自己考出来的。”

“你看她不是边读书边打工吗？”我跟儿子说。

朱小丽有点羞涩地说：“我没读书，不喜欢读，每天去点个名就走，家里给的钱不够花，我就到餐馆干……”

我一边吃饭一边问她：“以后是回国还是在这儿啊？”心想什么都不学，怎么回去？

“跟我一样，没想那么多。”儿子挺高兴地替她答道，终于有人跟他一样了。

“我家不是特有钱的那种，所以我不想回去。我爸妈也想让我留下来，这样他们以后也能移民过来。”小丽说。

“那你能申请移民吗？”我问。

“我什么学历都没有，国内高中都没毕业，在这儿也没正式工作，人家肯定不同意我移民，我都懒得申请，白花钱。”

晚饭时我跟伟和宁宁说：“真是人以群分，物以类聚，怎么办啊咱们？”

“甭担心，”伟说，“这样的女孩跟儿子长不了，她得找有钱的，养得起她的。”

“有的人不会说特别正能量的话，可是干起活来还行，就像哥哥爱发牢骚，可让他帮着干什么事儿，他还挺认真的。上次我鞋的拉链坏了，他说‘赶紧买一双吧，越有钱越抠门’。说是这么说，他还是帮我把拉链修好了。”宁宁说。

“这点像我，动手能力强。”伟说。

“他哪儿一好，你就说像你，不好就像于木匠。”我说他。

“你不是也这样吗？”

宁宁笑。

不管怎么说，儿子能这么快就找到女朋友，我还是挺高兴的，说明他社交能力还行。

有一天，儿子在家休息。我在安安卧室，就是原来伟的小办公室，虽然加了一张床，反正安安也不回来，又变成办公室了。我自己建了个心理咨询网站，正在计算机上给人答疑。儿子进来跟我说：“那个，我有事儿想跟你商量……”

我扭过身子看着他：“什么事儿，是不是想去学英文了？”

“不是，”他说，还有点不好意思，“我要结婚了。”

我头“嗡”的一声：“结婚？”

他点点头。

“跟谁呀？”

“就是朱小丽啊，我女朋友，我跟我爸妈说了，他们都同意了。”

我当时就不太高兴：“他们都同意了，那你还跟我说什么呀？”

“想让你们给我们办婚礼，我，我不是没钱嘛。”

“我没同意你们结婚啊。”

“你为什么不同意啊，你不是挺喜欢她吗？”

“喜欢她和她适不适合跟你结婚是两回事儿。”

“是我跟她结婚，我觉得适合就适合。”

儿子想让我们养着的时候，就是国内“啃老光荣”的思维模式。想结婚了，就变成北美“我觉得适合就适合”的模式。

而且什么都没有就想结婚，我就有点生气，但我强迫自己冷静，我长长地出了口气说：“你才二十岁，还没有一个稳定的工作，还需要学习，学英文学专业，然后再考虑结婚，这样对你的家庭才有责任感。现在连自己都养不活，有孩子了怎么办？”

“这儿的小孩不是都有牛奶金吗？”

年纪轻轻就打算靠国家福利生活，我在心里叹了口气，现在不想跟他掰扯这个。我问他：“是不是小丽想结婚解决她绿卡的问题？”

“也不完全是，我也想和她有个家。”

“那你就和她搬出去先同居一段，如果合得来再谈结婚。即使不从经济上说你们是不是具备结婚的条件，就是从感情上说你们互相也不了解啊。”

“怎么不了解啊，我们都认识两个多月了。”

“你们要想出去同居，我没意见。以后要是分手了，你愿意再搬回来也行。”

“我们哪儿有钱出去租房子啊，而且家里这么大……”

我真的不知道该说什么了。

吃晚饭的时候，儿子又提起这事儿，“我要结婚了……”他说。伟和宁宁马上停下吃饭先看着他，然后再看我。

“我没同意。”我说。

“小丽说加拿大法定结婚年龄是十八岁，我们俩都二十了。”

“你这是征求我们意见呢还是通知我们？”伟问。

“通知。”儿子说。

伟说：“那我就什么都不说了。”

“他想让咱们给他们办婚礼，以后还住家里。”我说。

“哥哥，”宁宁说，“在这儿你可以做任何法律允许的事儿，但你得给自己的行为买单。”

儿子放下筷子，对我们三个挨个儿看了一遍：“其实你们就是瞧不起小丽和我，瞧不起我们这些打工的。打工的就不是人吗？是人就有权利结婚，有权利有自己的家。我是没学历，没钱，谁说没学历没钱的人就不能结婚了？”

“你可以结啊，”伟说，“但我们不同意你们住在家里。”

“那你们把欠我二十年的抚养费给我，我就搬出去。”

伟笑了：“你养父不是不要吗？”

“北美这边的小孩精神上和经济上都比较独立，国内一部分小孩经济上依赖父母，所以精神上也不能独立。但你不能在精神上要求像北美孩子那么独立，在经济上又像国内孩子那么依赖我们，是吧。”我说。

儿子生气了：“我知道我命不好，把我养大的人不是我亲生父母，找到亲生的，根本看不上我。你们看不上我没关系，有人不嫌弃我、爱我，你们还不让她进家门！你们说，你们干吗生我啊，生我就是为了折磨我？”

“妈妈爸爸知道你丢了都快疯了。”宁宁说。

“没看出来。”儿子说完站起来走了。

饭后，宁宁在厨房帮我收拾碗筷的时候说：“妈妈，怎么办啊？”

“你觉得呢？”

“我知道你不愿意小丽住咱们家，要不每月补助他们一些钱，让他们出去租房住？”

伟在客厅看电视，我坐到他旁边把宁宁的意见跟他说了，他说：“其实就是小丽想结婚，通过儿子拿绿卡。”

“那他看不出来怎么办？”

“宁宁说的办法不是不行，可以，不就是每月拿出点钱嘛。问题是，我怕小丽拿到绿卡就要跟他离婚，你觉得儿子能受得了吗？”

“那咱们好好跟他谈谈，把可能出现的事儿都跟他说清楚了，让他自己定。”

“你说 DNA 检测有没有错的时候？”伟问我。

我看着他笑了：“有，但他就是咱们儿子。”

我们本来打算下个周一儿子休息时再跟他好好谈谈，反正利害关系全说清楚，其他就让他自己定了。以前每天都是小丽开车送他回家，有时她会留下来过夜。从星期一晚上儿子跟我们说要跟小丽结婚以后，小丽这一周都没在这儿住过。

也许他们知难而退了？

没想到，周日晚上，小丽跟着儿子进来，看我和伟还在客厅看电视就走了过来：“叔叔阿姨好！其实我该叫爸爸妈妈……”

我和伟都没沉得住气，一下子站了起来，纯属吓的：“爸爸妈妈？”我们俩异口同声。

儿子搂着小丽的肩膀笑着：“她怀孕了！”

“凯旋跟我说了，你们不想让我们住家里，”小丽说，“我知道这儿的人都这样……”

“在住房上你们补助我们一些就行。”儿子说。

伟马上说：“我们也是这么想的。”

儿子挺高兴，拉着小丽的手晃了两下：“我跟你说了吧，他们会给钱的。”

“我上网查了查，这附近还真有房子出租，三间卧室的也就三千多，还挺便宜的。”

“单元房？”伟问。

“不是，”小丽说，“是独立房，你们附近都是独立房。”

“干吗要在我们附近啊？”我问。

“这样我们就不用开伙了，”小丽说，“我可不会做饭。”

我笑了：“你们俩干吗住那么大的房子啊？”

儿子说：“她父母以后还要来探亲……”

“那房租你们能负担的起吗？”伟问。

“你们不是帮我们吗？”儿子说。

伟乐了：“我们每月最多帮你们五百……”

小丽和儿子都傻了，两人互相看着。

第二十一章
绝食

21 - chapter

回到儿子屋，小丽就跟儿子吵上了：“你不是说你们家特有钱吗？”

“他们是挣得不少。”

“那怎么三千多块都出不起？”

“我哪儿知道呢。”

“他们就没把你当亲儿子看……”

“别着急，我再跟他们说。”

“可我绿卡怎么办呢？”

“咱们先结婚呗？”

“你那么穷，我怎么跟你结婚啊？没房不说，连租房都租不起……”

“以后慢慢挣……”

“你没学历没专业，连英文都不会，怎么挣，抢银行？”

“咱俩有感情就行。”

“感情能当饭吃吗？”小丽说。

“你不是怀孕了吗？”

“我给打掉。”

“那要是儿子怎么办？”

“儿子更不能要了，你有钱给儿子买房吗？没钱就干脆甭要。”

后来不知怎么回事儿，儿子不再提结婚怀孕的事儿，小丽也没再露面。

有一天我们出门买东西，伟开着车突然问我：“小丽好像好久都没来了？”

“好事儿，这种女孩眼不见为净。”

“你也不问问儿子，他们俩怎么了。”

“我有病啊，”我说，“不来才好呢，不来就说明他们分了。”

“不是说怀孕了嘛，不管怎么说也是咱们的后代，咱们不能不管啊。”

“这你都看不出来？”

“看出什么？”

“小丽不就想拿怀孕说事儿，跟儿子结婚拿绿卡吗。”

“那她到底怀孕没有？”

“她要怀孕能这么放过儿子？”

“唉。”伟深深地叹了口气。

可能是受了小丽的刺激，有一天晚饭（儿子只有星期一休息那天能和我们一起吃晚饭，其余都在餐馆吃），他一副欲说还休的样子，我和伟还有宁宁都看出来了，我在想是不是小丽又想和他结婚了？

宁宁就问他：“哥哥，你有事儿吗？”

“没有，我能有什么事儿？”儿子马上说。

“有事儿你就说，”伟说，“都是一家人，有什么不好说的？”

“其实也没什么事儿，就是，就是我想去学英文了。”儿子终于说出来了。

“哟，学英文是好事儿啊，”伟马上说，“干吗还吞吞吐吐的？”

“我不知道我能不能学下来，我要学一半不想学了怎么办？”

“哥哥你挺聪明的，能学下来。”宁宁说。

“我不行，脑子就不聪明，还怕吃苦。我现在就想去试试，什么时候不想去学了，你们能不能别给我压力，逼着我继续学？”

还没开始学呢，就先给自己找退路，我只能在心里叹气。

伟知道我在想什么，他看了看我然后跟儿子说：“不给你压力，肯定不给你压力。咱先开始学起来，别的以后再说。”

“别呀，别以后再说。不管以后我干什么，我都希望你们别管我，我不想有那么大压力，在国内的时候，从来没人管我。”

要有人管，他也不会成这样了。

儿子到成人教育中心从高一的英文学起。他上午上课，下午和晚上到餐馆上班。如果他能把高中英文补完，就可以申请上大学，起码可以上大专。说实话我还是挺感谢小丽的，人有时候还真需要刺激。

刚学了两周吧，儿子就悄悄跟伟说，他实在坚持不下去了，上课完全听不懂，想去语言学校学。伟劝他，上初中试试，儿子也同意了。没想到，初中一年级的英文班才上了一周，他就自己退了，到语言学校报了个最基础的英文口语班。这种班主要针对移民过来的老头儿老太太或家庭妇女什么的，基本没什么压力，就是打发时间。

高中英文跟不上，我能理解。初中英文也跟不上，其实就是害怕挑战。

宁宁知道我挺失望，就悄悄劝我："妈妈，能把哥哥找到就挺好的，别想太多。你觉得找到这样的哥哥和找不到哥哥哪个更好？"

当然找到好。

伟也劝我："儿子只要不给咱们惹事儿就行了，别指望太多，把自己也弄得不高兴，何必呢。"

也是，我又不指着他给我们家光宗耀祖，他爱怎么着怎么着吧。他只要能踏踏实实在餐馆打工，学几句能应付日常生活的英文，能健康地活着就行了。

没希望，就没有失望。

我看他也慢慢顺眼了，发现他的很多优点。比如他手灵，家里什么东西坏了，他都能修，不用伟插手了。星期一休息的时候，他能主动把家里的地吸一遍，看车库乱了，也能帮着收拾收拾。他拿到驾照，我们给他买了一辆五千多块钱的二手车，他也挺高兴的。

生活要能这么波澜不惊地过下去也不错，儿子就是把他挣的钱都给他养父母我也没意见。

但生活不是我手中的机器人，我控制不了它的行为走向。

那天伟下班回来跟我说，儿子给他打电话，说他妈妈，就是他在上海打工的养母得白血病了，于木匠想跟我们借二十万加元……

我正在厨房做饭，一听这个心里“咯噔”一下，“白血病？”

伟点点头：“没说让咱们帮他们，就是借……儿子跟于木匠老婆有感情，把他从小带大的，儿子说，他会慢慢还咱们。”

“需要骨髓移植？”

“不太清楚。”

“咱们没那么多钱啊，咱们的存款，再用房子做抵押贷款也就能凑够十万加元，也就五十万人民币。”

“那就先把这五十万给他们？”

“行。”

晚上我们等儿子十二点多下班回家，然后跟他说，可以凑五十万人民币给他养母治病。我们以为儿子会挺激动，没想到他说：“怎么才五十万，我们需要一百万。”

“我们拿房子做抵押也就能贷到这么多。”伟说。

我也说：“赶快把钱给他们汇过去，先治病要紧。”

“这么点钱怎么治病啊？”儿子说，“我们不是跟你们要钱，是借，以后我会还给你们的。”

“不是还不还的问题，我们就这么多钱。你两个姐姐有没有做骨髓配型，如果亲属能提供骨髓，手术费也就二十万元。”伟说。

“肯定做了，不匹配，才需要一百万呢。我妈都这样了，你们还这么算计，你们就能这么忍心看她没钱治病在家等死？”

儿子养母生病，他着急说出这种话我不会跟他计较，所以我说：“可是我们没那么多钱啊，我们就是一般的工薪阶层，能拿出这些钱已经尽我们最大努力了。”

“你赶紧把钱汇给他们，让他们先看病，别耽误了。”伟说。

儿子却说：“你们把钱凑齐了，我一起汇给他们，我就回国了。”

“回国？”我问。

“我妈病了，我能不回去吗？”

“要不你先回去，我们再想办法。”伟说。

儿子用敌视的眼光看着我们俩：“我人在这儿你们都凑不齐这钱，我人走了，更甭想了。”

伟真生气了，上前推了儿子一把骂道：“你混账！”

“跟你们说不清楚！”儿子说完“噔噔噔”上楼，进到自己卧室“砰”一声把门关上。

第二天上午儿子没起来去英文班，一直到下午该上班了他还没起来。我去敲门叫他：“儿子，该起来去上班了！”他不搭理我。

餐馆来电话问他怎么还没来上班，也没请假是怎么回事儿。我又上楼去叫他，他还是不搭理我。

不会是自杀吧？我使劲儿敲门，他还是不开门。我不知道怎么办好了，赶紧给伟打电话。伟说他马上回来，让我先给911打电话。

我又去敲儿子的门，边敲边说：“你再不开门，我就给911打电话了！”

他还没反应，我转身下楼正准备给911打电话，这时他把门打开，然后又回去躺到床上。

“到底怎么回事儿啊，到现在都不起来？”我回到他房间问道。

他不说话，用被子把头蒙上。

我站到他床边跟他说：“你有他们账号吗？我们从这儿直接换成人民币打给他们……”

儿子从床上坐起来：“求你们救救我妈吧！”

“我们就这么多钱怎么办？”我说。

儿子一下从床上跪到地上，直愣愣地看着我说："求你们救救我妈吧！"

宁宁放学回来，看见儿子又躺到床上了，宁宁站在他房间门口跟他说："哥哥，家里真没那么多钱，不是他们不愿意帮你养父母……"

儿子掀起被子朝宁宁喊道："没钱不会卖房？"

晚饭时候，怎么叫他他都不说话，也不下来吃。我和伟还有宁宁都去劝他，他用被子蒙着头一动不动。我只好把饭给他端到房间里，跟他说："饭给你放桌上了。

儿子这不是绝食吧？

两天了，儿子除了上厕所，一直躺在床上不吃饭，不去上英文课，也不去上班。餐馆来电话多次询问，我们只好说他生病了。

伟不知道怎么办，给安安打电话讲了儿子的事儿，年轻人之间是不是好沟通一些。

安安一听马上回来了，他要试着和儿子谈谈。

不知他怎么跟儿子说的，反正儿子起来了，跟着他去了餐馆，安安说到那儿再跟他细聊。

"你们觉得安安能说通儿子吗？"我问伟和宁宁。

宁宁说："我觉得哥哥可以。"

"我觉得不行，"伟说，"他现在油盐不进，就等那钱呢。"

在餐馆里，儿子上来就问安安："他们害怕了吧？"

"害怕？"安安不懂。

"行了，先点点什么，我快饿死了。"

饭菜上来后，儿子吃了几口有劲儿了："他们怎么着啊，是不是准备吐血了？"

"什么是吐血？"安安问。

"你是中国人吗，这词都不懂？就是准备借我一百万了？"

"他们确实拿不出那么多。你妈妈不是一直在工作吗？"

"工作怎么了？"

"是因为工作环境引起的白血病吗？"

"我哪儿知道啊。"

"要是工作引起的，她工作的地方是不是应该管她的治疗呢？"

"她是临时工，在一商场打扫卫生，没医疗保险……"

"他们自己没买？"

"没有。"

"我父母他们在农村都有医疗保险……"

"别提你父母，一提他们我就生气，要不是你奶奶不负责任把我弄丢了，我能混得这么惨吗？要不是我，你也就是在城里打工的农民工，还出国？想都别想。你应该补偿我！"

"我奶奶因为这事很早就去世了，你觉得还不够？"

"肯定不够，因为她，我才有了现在在上海打工的父母，我妈现在病了，我能不管吗？我刚来半年，没钱，跟他们借钱，以后我还他们，哪一点不对了？"

"你养父母他们又不是就你一个儿子，不是还有俩女儿吗？"

"他们养我就是让我给他们养老的。而且儿子在国外，好意思跟别人借钱吗？"

"你不是没钱吗？"

"跟你说不清楚！"儿子把饭碗一推，"我回家了，反正不给我一百万，我就不吃饭，饿死在他们家，谁也好过不了！”

“你为什么不能先拿那五十万给你养母看病，剩下的钱以后再想办法，不是挺好吗？”

“我人在这儿，都拿不出一百万，我人走了他们更拿不出了。一百万人民币我从亲生父母这儿都借不到，我能有脸回去见我养父母吗？”

“那他们确实拿不出这么多钱。”安安说。

“把房子卖了不就有钱了吗？房子卖了以后有钱还能买，命没了，有多少钱也买不回来了。”儿子说完，还擦了把眼泪。

儿子回家后，又躺到床上……

第二十二章

别了多伦多

22 -

chapter

儿子躺在床上拒不吃饭，又这么僵持了两天。

我也不知道该怎么办，跟伟商量后，给于木匠打了个电话，想问问他老婆的病情。他没说他老婆的情况却问：“凯旋怎么还不回来呵，给他打电话也不接，是不是生病了？”

我跟他简单地说了一下我们的情况，让凯旋给他们汇五十万人民币过去，先看病。于木匠说，没一百万人家连医院都不让住。

我问，他们全家到上海打了十几年工，积蓄总会有一些吧？

于木匠在电话里就哭上了：“凯旋他妈不

是得过乳腺癌吗，钱都给她治病了，我们没钱啊，只能等凯旋带钱回来看病。你们在国外不知道我们在这儿怎么过日子，跟你也说不明白，让我跟凯旋说行吧？”

“他还没起来呢。我就是想告诉你，抓紧看病，别耽误了，我们是用房子做抵押才凑够这么多钱的……”

“我知道你恨我们，可我们实在有困难。”

“你也可以找亲戚朋友帮帮。”

“我们这么穷，交不到有钱的朋友。我们不是跟你们要，是借，以后让凯旋还你们。”

“凯旋工作这几个月，不是把钱都寄给你们了，也合好几万人民币了……”

“钱不禁花啊，做一个检查就好几千……”

“你们没买医疗保险？”

“没有啊，还不是觉得得不了病，白花那钱干什么？我们穷人一分一厘都要省啊。”

我和伟询问国内的亲属朋友，并上网查找，都说于木匠所说的“没一百万不让住院”不属实。

我想是不是医院歧视农民工，而我们的朋友和亲属都感觉不到？

在生命面前，一切的恩怨利益都显得微不足道。我们和安安宁宁商量后，决定卖房资助于木匠老婆治病 。

我们把房子卖了，就没办法用房子做抵押贷款了，只能勉强凑够七十六万人民币，让儿子打给他养父母。另外我和伟又分别托亲戚朋友在上海医院找熟人帮助于木匠老婆尽快住院开始治疗。

儿子回国了。

在上海机场国际接机口，凯旋刚一出现便像英雄一样被于木匠一家团团围住，于木匠和他老婆，凯旋大姐和她老公，凯旋二姐和她男朋友，外加一陌生女孩，张张脸都对他笑得跟盛开的向日葵一样。凯旋感觉太好了，真觉得是凯旋而归，整个机场大厅都属于他——许凯旋，不，于凯旋！

于木匠一把把那女孩拉到凯旋面前："这就是我儿子于凯旋，这是珍珍，吴婷珍，我朋友的女儿……"

凯旋看着女孩有点发呆，不知道自己是不是在做梦。吴婷珍体型匀称，比凯旋矮一点，长得比那小丽好看多了，鹅蛋型的小脸，白白净净的，一点瑕疵都没有，嘴也小小的很精致，眼睛细长的，不大，但很美。

女孩声音也很好听，软软地叫了一声："凯旋哥哥。"凯旋差点就酥到地上，于木匠夫妇一副笑得找不到北的样子。

于木匠不知从哪儿找了两辆车，载着全家人直接从机场就去了一家看着挺豪华的餐厅，说是给凯旋接风。于木匠点了一桌子菜，他老婆邢淑华在旁边小声说："太多了，太多了……"

于木匠骂她："你懂啥，这是给儿子接风！"然后他朝大女婿嚷嚷："带的酒呢，赶紧打开。"

凯旋一直处在腾云驾雾的兴奋状态，又喝了酒，人就更迷糊了。吴婷珍坐在他旁边细心地给他夹菜："哥，你吃这个水晶虾球，加拿大没有的。"

"凯旋，我们什么时候也能去加拿大玩玩？"二姐问他。

"想什么时候去都行，家里房子大着呢，跟宫殿一样随便住。"

大姐马上问："等我有孩子了可不可以去那里生？"

“可以，我给你请月嫂！”

“那我也想去看看，我还没出过国呢。”吴婷珍娇声娇气地说。

凯旋搂住她，借着酒劲放肆地在她脸上亲了一口：“这次就跟我回去吧？”

于木匠看着凯旋和吴婷珍亲热的样子，眼睛笑得眯成两道弯弯的缝儿：“就是，俩人一起回。”

在加拿大已经戒烟的凯旋，扬扬手从大姐夫那儿要了一根烟，他用左手两指夹着烟放到嘴里，深深地吸了一口，然后往外慢慢地吐着烟圈，右手搂着吴婷珍问：“想去加拿大吗？”

“想啊，做梦都想，”吴婷珍说，“你这次给我带什么礼物了？”

看凯旋一愣，于木匠赶紧说：“我这儿有礼物，”说着就从兜里掏出一沓钱拍到吴婷珍面前，“先收下这个，礼物让他以后慢慢给你买。”

凯旋看着那沓钱，忽然有一点反胃。他再看吴婷珍乖巧地把那沓钱收进自己的小皮包，他就想吐了。他把搭在她肩上的胳膊拿了下来说：“我有点不舒服，要不咱们回家吧？”

“回什么家，你们去酒店住。”于木匠指着他和吴婷珍说。

“我想回家。”凯旋坚持。

凯旋醒了，阳光已经透过窗帘的缝隙照了进来。他小心地打量着，知道这是酒店。他想不起来是怎么到的这儿，只记得他是要求回家的。他再扭头看躺在旁边的女孩，他想不起她是谁，叫什么名字，怎么就睡到他旁边了。他悄悄地爬了起来，拿起衣服出了门。

在一楼大堂，凯旋结了账并告诉他们房间还有人没起来，晚些时候再去清理。

他走出酒店大门，走进上海的早晨，在熟悉的街道上慢慢地走着。这是上海，他从加拿大回来了，昨天到的，全家人都到机场去接的他，爸爸还搞了两辆车。然后他们去了餐厅，然后，他怎么也想不起他是怎么去的酒店，不过他想起那女孩的名字叫吴婷珍和那一沓刺痛他的钱。

为什么没人说起妈妈的病？已经在恢复中？那为什么爸爸打电话一次次逼着他要钱？或者已经彻底放弃，不准备治疗了？他想起加拿大为他卖房的父母，鼻子有些酸酸的。

二十年来，从他还在农村很小的时候，别人说他是于木匠家买的儿子，他就知道自己很敏感，很容易受到伤害。为了保护自己，他刻意地麻痹自己，跟谁都不轻易动感情，他要从内心彻底变成一个油盐不进的混混。也许他已经成功，所以他坚持不叫加拿大那两位爸妈，不干他们让他干的事儿，不走他们希望他走的路，看着他们失望的表情，他心里有一种强烈的快感。

可是现在，他撕掉了脸上那张玩世不恭的假面具。

他不喜欢，可以说是鄙视于木匠把一沓钱放在吴婷珍面前的那种感觉，因为有了自己带来的七十六万，于木匠才有了一掷千金的豪放，可这钱是加拿大父母毕生的积蓄，是他们卖掉房子的钱……

凯旋蹬上一辆公共汽车，又换了一次车才到了家门口。一个陌生人开的门问他找谁。

他说找于木匠。

人家告诉他，搬走了。

凯旋只好给于木匠打电话，拿到新家地址，这才终于回到家。

这是一间一套的单元房，虽然不大，但厨房厕所不用和别人合用，和以前的住房比，算是好很多了。

邢淑华看儿子回来了，赶紧出门买了豆浆油条回来，三人坐在一起吃早餐。

“妈妈去看病了吧？”凯旋边吃边问，“还是这里的豆浆油条好吃。”凯旋大口吃着。

“那吴婷珍还行吧？”于木匠问。

“还行。”凯旋点点头，“妈妈你怎么样？”

邢淑华看看于木匠然后说：“我，我挺好的。”

“你要觉得还行，这次就把事儿给办了。”于木匠说，“她爸是我们那儿一小头儿，她就想找一在国外定居的，以后出国。”

凯旋把端到嘴边的豆浆停了下来：“办事儿？”

于木匠说：“就是结婚。”

“我还不到二十一岁呢……”

“结了婚你才能把她带出去，正好咱们现在手头有钱，把婚礼给你办了。我要跟她爸成了亲家，那他还不给我派好活，不累还赚的多，你妈以后也可以上我那儿去干，不用老打扫卫生，又脏又累。”

“妈妈还在上班啊？”凯旋问。

“也没有。”于木匠赶紧说，“吴婷珍能看上你不容易，在这儿追她的人不少，她和他们家主要看上你的身份。他们家跟咱们一样，都是到上海打工的农民，想找有绿卡的人结婚不容易。”

凯旋没接于木匠的话茬：“妈妈你在哪个医院看的病？”

“就在咱们旁边的医院。”妈妈看着于木匠说。

“肯定是白血病，不是误诊吧？”

邢淑华看看于木匠又看看凯旋。

于木匠站了起来：“我得上班去了，结婚的事儿你想想，要办现在就得开始准备。”

“我不想这么早结婚，没钱没房怎么结婚啊？”

于木匠听他这么说又坐了下来：“这几十万还不够你结婚的？”

“那不是给妈妈治病的钱吗？”

“治病就是个无底洞，先把婚结了，你带着吴婷珍去加拿大，让他们帮你买房，养这么大都没出过钱，结婚总该管吧？行，你在家好好想想婚礼都请谁，想怎么办，晚上咱们再商量。”于木匠说完就走了。

凯旋就问邢淑华：“妈妈，医生怎么说的？需要移植骨髓吗？大概需要花多少钱？”

邢淑华边收拾饭桌边说：“我不知道，你得问你爸。”

“这钱够不够？”

“我真不知道。”

“谁给你换骨髓啊？”

“我都不知道。”

“那你感觉怎么不舒服了？”

“没不舒服。”邢淑华站在厨房池子边上洗碗，“现在有自己的厨房方便多了，他们家愿意你把挣的钱都寄给我们？”

“他们不管。”凯旋依到厨房门口说。

“他们人挺好。”

“那你没不舒服怎么就想起验血呢？”

“我也说不清楚。”邢淑华洗完碗，擦了擦手说，“你休息休息，我出去一下，一会儿就回来。冰箱里有昨天从餐馆拿回来的菜，锅里也有米饭，中午你自己热热就可以吃。晚上想吃什么，我给你做。”

凯旋跟着邢淑华进到她卧室，看她穿上外套，提上包。

邢淑华说："你就在这床上休息吧，晚上你也睡这儿，客厅沙发打开就是床，我和你爸睡那儿。"

"妈妈，你这是要去上班？"

"是上班。"邢淑华说着就要走。

"还是做清洁工？"

邢淑华点点头："我也干不了别的。"

"你生病就别干了……"

邢淑华低着头犹豫着："你爸不让说……"

"不让说什么？"

邢淑华叹了口气："你别跟你爸说是我说的……"

凯旋点点头。

"我没病，你爸就想让他们出钱让你回来结婚……"

我们拜托的同学帮助凯旋养母找到医院的关系后，就给他们打电话，他们却拒绝去医院做检查，理由是反正也治不好不想再花冤枉钱了，我同学怎么劝都不行。同学跟我说了，我也打电话让凯旋劝说。凯旋说，他们不愿意去就不去吧。

我同学不明白，去凯旋养母工作的地方询问，才知道她根本没有病。我同学又给凯旋打电话核实："说你妈妈没得病，是真的吗？"凯旋什么都没说，只是谢谢她的帮忙。

凯旋没结婚，也没回加拿大，只是把钱还给了我们，并同意我举报于木匠。作为买家的于木匠，罪有应得地被判了刑。

凯旋后来考了驾照，给一家小公司的老板开车并当助理。他踏踏实实地干活，又肯动脑子，老板用他挺顺手，给他开的工资不低。

他自己住公司的集体宿舍，每月补助养母租房。因为给老板开车，整块自由的时间少，参加各种学习班不太可能，他就自学高中课程，并坚持用手机学英文。

（全文完）

2019 年 12 月于多伦多